Alfred Hitchcocks Gruselkabinett

Hexengebräu

Alfred Hitchcocks Gruselkabinett
Hexengebräu

Franckh'sche Verlagshandlung
Stuttgart

Aus dem Amerikanischen übertragen von Leonore Puschert
Titel der Originalausgabe: »Alfred Hitchcock's Witch's Brew«
Random House, Inc., New York, ISBN 0-3494-93592-6

Der Verlag dankt Random House sowie folgenden Verlagen, Agenturen und Autoren für die Erteilung der Rechte: Reverend K. S. P. McDowall für »The Wishing Well« von E. F. Benson; der Agentur Linder AG, Zürich, für »That Hell-Bound Train« von Robert Bloch; der Literary Agency Mohrbooks AG, Zürich, für »Madame Mim«, Kapitel 6 aus »The Sword in the Stone« von T. H. White (deutsche Ausgabe: »Der König auf Camelot«, Band 1, Klett-Cotta, Stuttgart); The London Mystery Selection, London, für »Blood Money« von M. Timothy O'Keefe und »They'll Never Find You Now« von Doreen Dugdale; Curtis Brown, London, für »The Widow Flynn's Apple Tree« von Lord Dunsany; Brandt & Brandt, New York, für »Strangers in Town« von Shirley Jackson.

Schutzumschlag von Aiga Rasch

CIP-Kurztitelaufnahme der Deutschen Bibliothek

Hexengebräu / [aus d. Amerikan. übertr. von
Leonore Puschert]. – 2. Aufl. – Stuttgart :
Franckh, 1981.
(Alfred Hitchcocks Gruselkabinett)
Einheitssacht.: Alfred Hitchcock's witch's brew
‹dt.›
ISBN 3-440-04669-9

2. Auflage / 21.–35. Tausend
Franckh'sche Verlagsbuchhandlung, W. Keller & Co., Stuttgart/1981

ISBN 3-440-04669-9 / L 9sp H bs
Printed in Czechoslovakia / Imprimé en Tchéchoslovaquie
Satz: Fotosatz Schönthaler, Ludwigsburg
Gesamtherstellung: Artia, Prag

Alfred Hitchcocks Gruselkabinett

Hexengebräu

Vorwort

Da habt ihr mich ertappt, geschätzte Leser – bei meinem neuesten Hobby, dem Kochen. Wie ihr bald merken sollt, habe ich nicht etwa die übliche Mixtur aus Molchaugen und Fledermausflügeln, abgezogen mit Echsenei, angesetzt. In meinem Kessel brodelt ein berauschendes Gebräu aus Übersinnlichem: sieben meisterlich erzählte Geschichten. Ich wage zu prophezeien, daß ihr sie alle gruselig-spannend finden werdet.
Hexen sind in diesem Tiegel voller Geschichten die wichtigste Zutat, und sie tauchen in mannigfaltigen Geschmacksvarianten auf. Ihr werdet einer Frau begegnen, die mit Hilfe eines Wunschbrunnens Böses bewirkt. Ihr werdet Zeuge sein, wie ein altes Weib einen ansehnlichen jungen Mann in einen Frosch verwandelt. Und kalte Schauer werden euch überrieseln, wenn ihr ahnt, was – oder sollte ich sagen: *wen?* – eine gewisse Waldbewohnerin namens Madame Mim in ihren Kochtopf zu stecken gedenkt.
Man begreift da leicht, daß Hexen sich keiner großen Beliebtheit erfreuen. Doch sind sie nicht allesamt böse. Da weiß ich eine rundum liebenswerte Zauberin, die im Städtchen aufs übelste verleumdet wurde, nur weil eine naseweise Nachbarsfrau sie für eine allzu fingerfertige Dienstmagd befand.
Ich plünderte auch das Gewürzregal, um meinem Hexengebräu noch einen exotischen Ruch zuzusetzen. Da gibt es einen supermodernen Vampir und obendrein den Teufel persönlich! Prachtskerle, obzwar einen im Ernstfall das Grauen ankommt.

Ich könnte noch mehr ausplaudern, doch bin ich sicher, daß euch nun nach dem Festmahl gelüstet. Wenn ihr also nicht zu zaghaft seid, um einmal die Alltagskost stehen zu lassen und etwas ganz Neues zu probieren, so blättert nun weiter und beginnt zu lesen.

Alfred Hitchcock

Der Wunschbrunnen

E. F. Benson

Das Dorf St. Gervase liegt an der Meerseite des weiten Taldreiecks, das sich in die Hochebene des nördlichen Moorlands von Cornwall eingräbt, und nicht einmal in den Bergen von Cumberland wäre eine so abgeschiedene Ansammlung menschlicher Wohnstätten anzutreffen. Vier Meilen schmalen Fahrwegs, steil und steinig, liegen zwischen dem Ort und der Landstraße, durch deren Staub zur Reisezeit die Autobusse nach Bude und Newquay donnern, und weitere acht Meilen trennen es vom nächsten Kopfbahnhof. Kaum je findet es ein wißbegieriger Tourist sommers der Mühe wert, ein Dorf aufzusuchen, das der Reiseführer mit einem knappen Hinweis auf den alten, bei der überdachten Eingangspforte zum dortigen Kirchhof gelegenen Wunschbrunnen abtut. Unbestreitbar nimmt die Welt herzlich wenig Notiz von St. Gervase und St. Gervase seinerseits kaum mehr von der Außenwelt. Selten sieht man einen Mann oder eine Frau an der Ecke, wo der Fahrweg vom Dorf in die Landstraße mündet, auf den Autobus warten, und selten hält dieser hier an, um einen Fahrgast abzusetzen. Hin und wieder rumpelt ein Lastwagen, beladen mit Kohlesäkken und Bierfässern, schwerfällig die Straße entlang; im übrigen decken die Gehöfte im Tal und die Hausgärten der Dorfbewohner den täglichen Bedarf, und die wenigen Fischerboote bringen ihre Ernte aus dem Meer ein. St. Gervase gelüstet es auch keineswegs nach den Früchten der Wissenschaft, Kultur oder Religion, sieht man ab von den Schätzen seines Bo-

dens, der den kundigen Frauen Heilkräuter für die Gebrechen des Leibes schenkt, und von jenen seiner reichen Tradition an Magie und Aberglauben einer dunkleren Färbung im Dienste der Liebe oder der Rache. Über letzteres wird außer in einem einzigen Haus von St. Gervase nicht offen gesprochen, doch man berät sich murmelnd und flüsternd darüber, und so geht dieses Wissen von der Mutter an die Tochter über seit jenen Tagen, als vor drei Jahrhunderten eine kreischende Herde Frauen in Fesseln von hier nach Bodmin getrieben und nach dem Zerrbild einer Gerichtsverhandlung auf dem Scheiterhaufen verbrannt wurde.
Eigentümlich war, daß das Pfarrhaus, das sich am ehesten ungeschwärzt vom Rauche übersinnlicher Gelehrsamkeit denken ließe, eben dies eine Haus war, wo man Zauberkunst und Hexerei offen und geflissentlich studierte; freilich waren diese Studien streng wissenschaftlich, denn der Geistliche Lionel Eusters war in England der bestbewanderte Folklore-Schriftsteller. Er hatte leichte Amtspflichten und reichlich bemessene Muße. Zwei Gottesdienste am Sonntag taten, nach dem Kirchenbesuch zu urteilen, den sakralen Bedürfnissen seiner Pfarrei Genüge, und während der Woche betätigte er sich in der Bibliothek des mit Kletterpflanzen bewachsenen Pfarrhauses, das unweit der Eingangspforte zum Kirchhof stand. Hier arbeitete er geduldig und beharrlich an seinem umfangreichen Manuskript über Hexerei, dem er sich nun schon viele Jahre lang widmete und woraus er dann und wann einen Auszug als Broschüre drucken ließ; beispielsweise hatte der Ursprung des Hexenbesens eine bemerkenswerte Lektüre geliefert. Er war ein wohlhabender Mann ohne kostspielige Liebhabereien, abgesehen vom Sammeln alter Literatur zu seinem Fach, und die große Bibliothek, die er ans Pfarrhaus angebaut hatte, wies nur noch wenige leere Regale auf. Vor zwanzig Jahren, als ihn ein Leiden vom feuchtkalten Lehmbo-

den in Cambridge vertrieben hatte, war er auf diese weltferne Gelehrtenpfarrei berufen worden, und das milde, liebliche Klima wie auch die eigenartigen, primitiven Legenden, die sich um den Ort rankten, kamen seiner Gesundheit und seinen Mußestudien zustatten.

Mr. Eusters war schon lange verwitwet, und seine Tochter Judith, inzwischen eine Frau von vierzig Jahren, führte ihm das Haus. Ihre besten Jahre im heiratsfähigen Alter waren hier in völliger Absonderung von standesgemäßem Umgang verstrichen, und obwohl das Empfinden dessen, was sie versäumt hatte, ihr angesichts von Brautwerbung und Kindsgeburten im Dorf manchmal bitter aufstieß, wußte sie doch längst, daß St. Gervase sie in eine Art Bann geschlagen hatte, und hätte ein Freier von auswärts um sie angehalten, so hätte er ihrem Herzen ein wahrer Magnet sein müssen, um sie aus diesem abgeschiedenen Tal in die Welt jenseits des Moorlands ziehen zu können. Während der wenigen Besuche, die sie Verwandten ihrer Eltern abstattete, hatte sie sich stets sehnlich die Heimkehr herbeigewünscht und das Erwachen beim Sonnenglanz auf den ginsterbewachsenen Hängen oder beim brüllenden Tosen eines Weststurms, der Regengüsse gegen das Fenster peitschte: ein stürmischer Tag in der Heimat wog allen Sonnenschein andernorts auf, und der Sandstrand an der Bucht mit den Wellen, die dort schlummerten oder gischtbekrönt und donnernd hereinbrachen, war schöner als das Leuchten südlicher Meere. Hier allein fühlte sie sich in jener Zufriedenheit geborgen, die alle Freuden der Welt überstrahlt; hier war tagtäglich der Zauber von St. Gervase gleichsam ein magisches Weberschiffchen, das sie mit seinen Fäden durchwirkte.

Seit dem Tode ihrer Mutter gingen Judiths Tage in immer gleicher Eintönigkeit dahin. Der Haushalt nahm des Morgens eine kurze Stunde in Anspruch, und dann ging sie zur Bibliothek, wo ihr Vater arbeitete, um die Reinschrift anzufertigen, wenn er einen Abschnitt seines Werkes zum Diktieren abgeschlossen hatte, oder um in den Bänden, welche die Wandregale füllten, wieder und wieder Verweise nachzuschlagen, wenn er die Notizen vorbereitete, die ihm als Grundlage für sein Diktat dienten. Stets hatte dies irgendeine Spielart der Magie zum Thema, sei es eine rituelle Handlung zugunsten der Fruchtbarkeit des Viehs, sei es ein Amulett für die ersehnte Geburt eines Kindes, ein Liebestrank oder – und dies fesselte Judith mit der Zeit immer stärker – ein Gebräu, das den Mann, an den ein Mädchen sein Herz verloren hatte, ohne Gegenliebe zu finden, im Zugriff einer unbenennbaren Krankheit dahinsiechen und elendiglich umkommen ließ. Monat um Monat, während ihr Vater sich seinen geduldigen Weg durch die Nebelschwaden der Vergangenheit bahnte, steigerte sich für Judith die Faszination solch verderbenbringender Zauberkünste.

In letzter Zeit war er in die Erforschung von Wunschbrunnen vertieft, und da saß sie an diesem Morgen, den Stift zur Niederschrift in der Hand, während er in der Bibliothek auf und ab ging und dabei dann und wann in seine auf dem Tisch ausgelegten Konzeptblätter blickte.

»An solche Wunschbrunnen«, sagte er, »glaubte man in allen frühen Kulturen Europas, aber wir finden nirgendwo, daß die ihnen angeblich innewohnende Macht uneingeschränkt jeder Person, die sie zu beschwören wünschte, zu Gebote stand. Lediglich Hexen und Menschen, die über okkulte Fähigkeiten verfügten, konnten den Bann in Kraft setzen. Der Ursprung jenes Bannes war zweifellos satanisch, und vor der christlichen Zeitrechnung wurden solche Brunnen ausschließlich dazu benutzt, Böses zu bewirken. In der Form ähneln sich diese Brunnen ganz eigenartig; ausnahmslos ist darüber ein Rundbogen oder Schutzdach gemauert, und in den Seiten sind kleine Nischen ausgespart, wo zu christlicher Zeit Kerzen aufgestellt oder Dankesgaben eingelegt wurden. Welchem Zweck diese Nischen ursprünglich dienten, ist ungewiß, aber zweifellos stehen sie im Zusammenhang mit Verwünschungen, und ich vermute, daß der Name des dem Verderben Geweihten in eine Münze geritzt oder auf ein Stück Leinen oder Papier geschrieben wurde und man sodann das Wirken der teuflischen Macht abwartete. Der nach meiner Kenntnis am besten erhaltene dieser Wunschbrunnen ist jener von St. Gervase in Cornwall; sein bogenförmiger Überbau befindet sich in hervorragendem Zustand, und der Brunnenschacht ist wie üblich sehr tief. Der Glaube an seine Macht hat sich am Ort bis in die heutige Zeit erhalten, obwohl diese Kräfte, soweit ich in Erfahrung bringen konnte, niemals zu üblen Zwecken beschworen werden. So mag zum Beispiel eine Schwangere aus dem Brunnen trinken und an seinem Rand beten, oder ein Mädchen, dessen Liebster zur See fährt, wird ihren Namen in eine Silbermünze ritzen und diese ins Wasser werfen, um sich seiner wohlbehaltenen Wiederkehr zu versichern. Die Dorfbewohner sind mit Äußerungen über solche Praktiken eigenartig zurückhaltend, doch kann ich mich für derartige Fälle persönlich verbürgen . . .«

Er legte eine Pause ein und strich sich über den kurzen grauen Spitzbart, der seinem Kinn entsproß.

»Meine Liebe, ich frage mich, ob ich hier den nötigen Takt walten lasse«, sagte er zu Judith. »Aber immerhin ist es äußerst unwahrscheinlich, daß ein Exemplar meiner Arbeit, wie sie die Universitätspresse für eine Guinee veröffentlicht, den Weg hierher finden wird. Ich denke, ich werde es darauf ankommen lassen . . . Lieber Himmel, da läutet es schon Mittag! Wir werden unsere Arbeit heute abend fortsetzen, wenn du Zeit hast, ich habe nämlich viel zum Diktat vorbereitet.«

Judith lächelte verstohlen, als sie die Seiten numerierte . . .

Sie wußte sehr viel mehr über die Gemeinde ihres Vaters als er, denn er – Gelehrter, Eremit und Geistlicher – lebte nur am Saum ihres Lebens, während sie bei den Plauderstunden mit den Frauen, die strickend vor ihrer Haustür saßen, wahrhaft Zugang zu einem Innenleben gefunden hatte, dem er als Fremder gegenüberstand. Sie wußte zum Beispiel, daß die alte Sally Trenair, bei deren Tod vor nun kaum einer Woche ihre Nachbarn so befreit aufgeatmet hatten, allgemein als Hexe galt, und diese Sally hatte immerzu beim Wunschbrunnen herumgetuschelt und -genuschelt. Allen, die bei ihr in Ungnade fielen, wurde übel mitgespielt: ihre Kühe gaben keine Milch mehr oder brachten tote Kälber zur Welt, ihre Schafe krepierten, und das mörderische Bilsenkraut, das dem Rindvieh den Tod bringt, wucherte auf ihrem Weideland. Deshalb wünschten die Klugen Sally höflich guten Tag und schickten ihr Honig aus ihren Bienenstöcken und ein Stück vom allerfeinsten Schinken, wenn das Schwein geschlachtet wurde. Doch aus einem Hang zur Verschwiegenheit berichtete Judith ihrem Vater nichts von solchem Gerede, das ihr übers Strickzeug hinweg zugeraunt wurde und das ihn veranlaßt hätte, seine Ansicht über die nicht länger wirksamen Kräfte des Wunschbrunnens im Dienst übelwollender Bannsprüche zu ändern. Vielleicht war es auch nur müßiger Klatsch, denn hätte man sie rundheraus gefragt, ob sie derlei Geschichten über die alte Sally glaubte, so hätte sie das gewiß geleugnet ... Und doch hätte tief in ihrem Innern etwas gewispert: »Ich glaube nicht nur: ich *weiß.*«

An diesem Tage kehrte ihr Vater nach dem Mittagessen an seinen Schreibtisch zurück, und Judith machte sich auf, um etliche Meilen bergan zum Hof von John Penarth zu wandern, dessen Sippe seit urdenklichen Zeiten diese fruchtbaren Ländereien besessen hatte. In den letzten acht Jahren hatte er mit seiner Frau dort allein gelebt, denn ihr einziger Sohn Steven

war mit sechzehn Jahren nach Amerika ausgezogen, um sein Glück zu suchen. Doch das Glück hatte ihn nicht gesucht, und nun, da sein Vater alt wurde und kränkelte, wollte Steven wieder heimkehren und sich hier niederlassen. Judith erinnerte sich noch deutlich an ihn, einen großen gutaussehenden Jungen mit dem Blau der See in den Augen und dem Sonnenschein im Haar, und sie fragte sich, zu welcher Art Mann er wohl herangewachsen war. Sie hatte gehört, er sei schon angekommen; doch war sie auch neugierig auf ihn, so war der eigentliche Anlaß ihres Besuches der gleiche, wie er sie immer wieder zum Gehöft der Penarths lenkte, nämlich eine Plauderei mit Stevens Mutter. Es gab niemanden, fand Judith, der sich so gut in allem auskannte, was wirklich wissenswert war, wie Mrs. Penarth. Zwar hätte sie einem nicht auf dem großen Globus in ihrer Wohnstube Indien zeigen oder die einfachste Schulbuchfrage über Königin Elisabeth beantworten oder vier und fünf ohne Abzählen an den Fingern addieren können, doch anstelle solcher Nebensächlichkeiten waren ihr seltenere Kenntnisse zu eigen. Sie gebot über Heilkräfte für Mensch und Tier: sie streichelte eine kranke Kuh, und am nächsten Tag war diese wieder auf der Weide; sie raunte einem fiebernden Kind etwas ins Ohr, zupfte es sacht an der Stirn und zog das Kopfweh heraus, so daß das Kind schlafen konnte. Und als einzige im ganzen Dorf warb sie nicht um Sally Trenairs Gunst oder suchte sie sich geneigt zu machen. Eines Tages, als sie an Sallys Häuschen vorbeiging, hatte Sally ihr Flüche nachgerufen und war ihr unter schrillem Gezeter halbwegs zum Hof nachgelaufen. Da hatte Mrs. Penarth sich jäh umgedreht und mit spitzem Finger auf sie gezeigt. »Du dummes, krummes altes Weib«, hatte sie laut gerufen. »Herunter auf die Knie, und bitte mir ab, und dann geh nach Hause und komm mir nicht wieder in die Quere.«
Wahrhaftig, da kniete sich Sally auf die Steine nieder und

wankte nach Hause, und wenn Mrs. Penarth danach unten im Dorf war, zog sie sich eilends in ihr Häuschen zurück und sperrte die Tür zu. Mrs. Penarth wußte, so schien es, mehr noch als Sally.

Judith ging leicht und beschwingt den steilen Hang hinan, ungeachtet der heißen Sonne hutlos, und sie gönnte sich keine Atempause beim Aufstieg. Sie war eine hochgewachsene Frau, schwarzhaarig und voll Anmut, mit reiner und gesunder Haut von der Frische, wie sie nur Luft und Sonne verleihen. Ihr Mund mit den vollen Lippen ließ ahnen, daß hier Leidenschaft schwelte, ihre Brauen, schmal und gerade, trafen in der Stirnmitte beinahe zusammen, der Blick ihrer großen schwarzen Augen war kaum merklich einwärts gerichtet. Die Abweichung war so gering, daß sie nicht entstellend wirkte: sah sie jemanden voll an, blieb es unbemerkt, doch war sie in Gedanken versunken, dann wurde es offenbar. Am augenfälligsten war es, wenn ihr der Vater eine unheimliche Geschichte über schwarze Magie oder Hexerei diktierte . . . Nun jedoch war sie an dem steinbelegten Fußpfad durch den Garten des Bauernhauses angelangt, vor dessen Spalierapfelbäumen Blumen und Küchenkräuter wuchsen, und da war Mrs. Penarth und strickte während der heißen Tageszeit, ehe sie wieder zu Hühnerhof und Melkschuppen hinüberging.

»Ach, das freut mich aber, daß ich Sie sehe, Judith«, sagte sie in der weichen Mundart Cornwalls. »Und da laufen Sie in der Sonnenhitze ohne Hut herum wie immer, aber Sie gehören ja zu den Weisen, die sich Sonnen und Regen zum Freund gemacht haben, und man könnte weit und breit Ausschau halten und niemand Besseres finden. Kommen Sie herein, liebes Herz, und trinken Sie ein Glas Johannisbeerwein nach dem langen Weg, und erzählen Sie, was sich in St. Gervase tut.«

Judith verfiel stets in die einheimische Sprechweise, wenn sie mit Dorfbewohnern zusammentraf.

»Gern, aber da gibt's nicht viel zu erzählen«, sagte sie. »Beim Fischen hat's vor zwei Tagen einen gewaltigen Fang gegeben, und gestern haben wir die alte Sally Trenair begraben.«
Mrs. Penarth schenkte ihr ein Glas des klaren roten Likörs ein, für den sie berühmt war.
»Sonderbar, wie sie alle vor dieser buckligen alten Vogelscheuche Angst hatten«, sagte sie. »Dabei konnte die doch bloß ein paar Reime nuscheln und ihnen häßliche Schimpfwörter an den Kopf werfen. Auf mich hat sie mal eine ganze Latte Flüche losgelassen, und sicherlich hat sie meinen Namen am Wunschbrunnen versteckt, aber ich hab' mir nie die Mühe gemacht und da nachgeschaut.«
»Ihren Namen beim Wunschbrunnen versteckt?« fragte Judith, und ihr fiel das Diktat vom Morgen ein.
Mrs. Penarth warf ihr einen raschen, schrägen Blick zu. Es gab da gewisse Dinge, die ihr an Judith aufgefallen waren, und die fesselten sie.
»Ach ja, meine Liebe, Sie haben nun mal zuviel Verstand und Bücherwissen, um was auf solches Gerede zu geben«, sagte sie. »Aber wie ich ein kleines Mädchen war, hat meine Mutter immerzu diese Geschichten erzählt, und auch heute noch weiß ich kaum, was ich von so sonderbaren Dingen halten soll.«
»Ach, erzählen Sie mir doch davon«, sagte Judith. »Mein Vater geht zur Zeit ganz besonders mit Wunschbrunnen um und den alten Geschichten darüber. Er hat mir den ganzen Morgen solche Sachen diktiert.«
»Na, da staune ich aber! Ja, als ich ein Kind war, da ging um unseren Wunschbrunnen allerlei Merkwürdiges vor sich. Ein junges Mädchen erzählte es einem alten Weib wie Sally, wenn sie sich in einen jungen Mann verliebt hatte, und dann kriegte sie irgendwelches Geplapper vorgesetzt, das sie dann denken sollte, wenn sie vom Wasser schlürfte. Oder wenn

ein Bursche einen anderen nicht leiden mochte, ging er zu so einer Hexe, und sie schrieb den Namen seines Feindes für ihn auf und trug ihm auf, den im Brunnen zu verstecken. Und dann, so sicher wie's Morgen oder Abend wird, ging es für den Schlag auf Schlag, so lange sein Name da im Versteck lag. Seine Kühe gaben keine Milch mehr, oder sein Boot zerschellte, oder seine Kinder bekamen Krämpfe und starben daran, oder seine Frau wurde ihm untreu. Oder er selber wurde krank und immer elender, bis er kaum noch die Füße voreinander setzen konnte, und schon schlug sein letztes Stündlein. Sicher bloß Gerede, das alles.«

Judith hatte dies eingesogen, so begierig wie die dürstende Erde nach einer Dürre den Regen trinkt oder wie ein Verhungernder seine Zähne in etwas Eßbares schlägt. Ihr Mund lächelte, ihr Blut pulsierte schnell und stark; ihr war, als erfahre sie soeben von einem großen Reichtum, der ihr von Geburt an zustand. In diesem Augenblick waren auf der Diele Schritte zu hören, und die Tür ging auf.

»Oh, das ist Steven«, sagte Mrs. Penarth. »Komm herein, Junge, und begrüße Miss Judith, wie sich's gehört, vielleicht erinnert sie sich noch an dich.«

Obwohl sie doch groß war, überragte er sie; sein Jungengesicht hatte er noch, und das Meer war in seinen Augen und die Sonne in seinem Haar. Und auf der Stelle erkannte Judith, daß kein Magnet von einem Mann es mehr bewirken würde, sie aus St. Gervase wegzuziehen.

Bis zum Abendessen gab es noch einmal Diktat für sie, und als ihr Vater danach wieder zu seinen Büchern ging, machte sie einen Spaziergang, wie sie es an solch lauen Abenden vor dem Zubettgehen oft tat. Nie zuvor hatte Judith eine so starke Erregung gespürt wie an diesem Nachmittag, als Mrs. Penarth beim Reden über ihren alten Kinderglauben ihr gewissermaßen die Augen über sich selbst geöffnet hatte. All die Geschichten vom Wunschbrunnen waren einer geheimen Kammer in ihrem Hirn längst vertraut; sie brauchte nur daran erinnert zu werden, um sie sich ganz zu eigen zu machen. Hinzu war Stevens Eintritt gekommen, und ihr Herz hatte einen Sprung zu ihm hin getan. Ein Gemisch aus beidem gärte nun in ihr; manchmal stieg eine Blase aus dem einen, dann wieder aus dem anderen Erlebnis schillernd an die Oberfläche. Sie fühlte sich rastlos und mit aufgestauter Energie geladen, und sie verharrte einen Augenblick am Gartentor, unschlüssig, wie sie diese loswerden sollte.

Es war ein stark bewölkter Abend, der Weg zum Dorf hinunter ein graues Band, kaum sichtbar, und als sie dort stand, hörte sie einen raschen und kraftvollen Schritt näherkommen, und in ihr Blickfeld schwenkte, auch im Dunkeln an Größe und Gangart erkenntlich, Stevens Gestalt auf dem Weg ins Dorf. Innig lieb wäre es ihr gewesen, ihn zu rufen und mit ihm zu gehen, doch das durfte nicht sein; überdies nagte ein anderes Begehren an ihr, und als er vorüber war, bog sie zur Kirchhofspforte ab und trat hindurch. Die weißen Grabsteine schimmerten schwach im Zwielicht, und sie blickte darüber hinweg zu der Ruhestätte, an der sie zwei Tage zuvor beim Begräbnis der alten Sally gestanden hatte. Dann stockte ihr der Atem in der Kehle, denn sie konnte den frisch aufgeworfenen Erdhügel weißlich leuchten sehen. Sie schritt hinüber; die dunkle Erde dort erglomm in einem flackernden Licht, und im selben Augenblick wurde sie dessen gewahr, daß Sally selbst, nicht nur das Knochenbündel, das man in die Erde gelegt hatte, ihr nahe war. So lebhaft war dieser Eindruck, daß sie flüsterte: »Sally! Bist du hier, Sally?« Es kam keine hörbare Erwiderung, aber die Antwort prickelte in jedem Nerv ihres Körpers, und sie wußte, daß Sally hier war, kein bleiches wandelndes Gespenst, sondern eine Macht, wohlgesonnen und schwesterlich, und böse durch und durch. Sie sickerte in sie ein und wurde ihr warm in den Adern wie bei einer Blutübertragung. Sie ging zum Wunschbrunnen, kniete an der Ummauerung nieder und trank aus den zur Schale geformten Händen von seinem Wasser.

Neben ihr regte sich etwas, und beim Umdrehen sah sie an ihrer Seite, erhellt von einem schwachen Lichtschein, eine kleine, gebeugte, in reines Grablinnen gehüllte Gestalt, dazu das zerfurchte braune Gesicht, das sie zuletzt in der Gelassenheit und Würde des Todes erblickt hatte, nun jedoch voller Leben in ausgelassenem Willkommensgruß. Und ihren Leib befiel eine Schwäche, denn in einem Aufzucken des Grauens sprang sie auf die Füße, die Arme gegen die Geistererscheinung vorgereckt, und – da war nichts als der stille Kirchhof mit den Grabmälern jener, die hier im Schlummer lagen, und zu ihren Füßen das unsichtbare schwarze Wasser, von dem sie getrunken hatte. Schamerfüllt wegen ihres Erschreckens und doch beflügelt davon lief sie stolpernd weg und hielt erst inne, als sie wieder beim Pfarrhaus war, wo das aus dem Bibliothekfenster fallende Licht anzeigte, daß ihr Vater noch immer seinen wissenschaftlichen Forschungen in der Welt des Okkulten und Grauenvollen nachging – einer Welt, deren Tore sich nun weit auftaten, um sie endlich und wahrhaftig einzulassen.

Etliche Tage wirkte das Entsetzen jenes Augenblicks am Brunnen noch nach, und sie stürzte sich ins Alltagsleben, das sie mit neuem Glanz lockte. Oft sah sie Steven, denn er brachte nun morgens die Milch vom Hof, und sie pflegte zur frühen Stunde seiner Ankunft im Garten zu sein, wo sie Rosen für ihre Vasen schnitt oder in mühsamer Arbeit das Unkraut auf den Rabatten jätete. Erst entbot sie ihm nur ein Nicken als Morgengruß, doch bald standen sie dann beisammen und plauderten ein paar Minuten. Sie wußte, daß sie wohlgestaltet und hübsch war; sie sah, daß ihm ihre strahlende, gesunde

Frische gefiel; er schaute sie an mit dem unwillkürlichen Tribut, den ein Mann einer schönen Frau zollt. Zärtliche, heftige Empfindungen schlugen Wurzeln in ihrem Gemüt, senkten ihre Fasern in den tiefen Grund und verankerten sich dort ... Eines Morgens hörte sie ihn singen, als er auf dem Milchkarren die Straße entlangholperte, eine starke, rauhe, volltönende Stimme, recht hoch für einen Mann. Judith spielte im Gottesdienst die Orgel und hielt jeden Samstag eine Singstunde für den Kirchenchor ab, und in der folgenden Woche saß Steven bei den Männern, während sie mit dem Chor geistliche Gesänge übte. Die Frauen und Mädchen sangen Sopran und Alt; die führende Sängerin war Nance Pascoe, ein Mädchen von zwanzig Jahren, und sie glich einer Rosenknospe, die sich soeben zu voller Blüte entfaltet. Geleitet von einem blinden Instinkt, begann Judith Abneigung gegen sie zu hegen; manchmal schlug sie mitten in einer Strophe ab, um zu bemängeln, der Sopran sei abgesunken, und somit stellte sie Nance als die Schuldige hin. Dann wieder gebot sie den Tenören, eine verpatzte Zeile nochmals ohne die anderen Stimmen zu singen, und fand dann ein Lobeswort für Steven. Oder sie ging zum Hof, um mit Mrs. Penarth zu plaudern, und erfuhr durch ein paar unverfängliche Fragen, daß Steven auf der nahen Wiese die Hecke schnitt. Dann mochte ihr einfallen, daß sie für den nächsten Tag ein Huhn brauchte, und sie ging zu ihm und sagte ihm Bescheid; es waren ja nur ein paar Schritte. Auf hunderterlei unmerkliche Weise belog sie sich selbst.

In dieses wachsende Begehren, das sich so fest in ihr eingenistet hatte, mischte sich ein anderes, aus giftigerer Quelle. Da gab es eine Macht, die ihr diensteifrig Hilfe anbot, und wie eine ängstliche Närrin war sie vor dieser Offenbarung geflüchtet. Doch sie spürte, daß sie bei Steven nichts erreichte, und nun besann sie sich wieder darauf und entdeckte, daß ihr Entsetzen gewichen war und daß ihr heftiges Verlangen nach dem Umgang mit jenen dunklen Zauberkräften nicht nur der Hilfe galt, die sie ihr gewähren konnten, sondern daß es sie im Innersten zu ihnen zog. Eines Abends, als ihr Vater wieder bei seinen Büchern war, machte sie sich von neuem zum Wunschbrunnen auf.

Ihr Schritt auf dem Kirchhofsrasen war lautlos, und sie war dem Wunschbrunnen nahe, doch noch verborgen von den dort wachsenden Sträuchern, als sie hinter sich schallendes Manneslachen hörte und eine Mädchenstimme, die einfiel.

»Aber ja, sie ist ganz vernarrt in dich, Steven. In mir kribbelt's richtig, wenn sie in der Singstunde sagt: 'Ja, sehr hübsch, Mr. Penarth', und dabei meint das arme Ding doch: 'Oh, Steven, komm mal zu mir und nimm mich in den Arm.'«

Steven lachte wieder.

»Ich hab' ganz schön Angst vor ihr«, sagte er, »aber Mutter könnte sich vor Lachen ausschütten, wenn sie zum Hof raufkommt und ein einziges Ei oder einen Stengel Minze haben will. Und jeden Morgen, wenn ich die Milch ausfahre, ist die alte Jungfer beim Jäten und Hacken und spielt sich dabei auf, als wär' sie der starke Mann vom Jahrmarkt.«

»Na, dazu kann ich nur sagen, sie tut mir leid«, sagte Nance, »ich weiß nämlich, was das heißt, dich liebzuhaben. Das arme leere Herz!«

»Nance, wir müssen unser Aufgebot bestellen«, sagte er. »Ich hab' ja Angst, aber gib deinem Liebsten zur Stärkung einen Kuß, dann reiße ich mich zusammen und bitte den Herrn Pfarrer, daß er am nächsten Samstag das Aufgebot verliest.«

Nun war es still.

»Oh, Steven, drück mich nicht so fest«, flüsterte Nance. »Du kriegst mich doch schon bald ganz und gar. Jetzt noch einen Schluck aus dem Brunnen für uns beide, und dann muß ich nach Hause.«

Judith stahl sich auf dem Grasweg zurück und sah hinter

dem Vorhang am Wohnzimmerfenster, wie die beiden Arm in Arm die Straße entlanggingen. Kein Gedanke an einen Liebestrank war mehr in ihr, nicht länger wünschte sie eine freundliche Macht herbei, um Steven zu erlangen. Er hatte sich über sie lustig gemacht, er hatte Angst vor ihr, und nun sollte er auch bald allen Grund dazu haben. Für Nance hatte sie kaum einen Gedanken; nicht Nances wegen war ihr das Herz schwarz wie das Wasser im Wunschbrunnen . . . Sie empfand weder unbeherrschte Wut noch Rachegelüste; es war ein höllisches Frohlocken, das ihrer Seele Nahrung spendete. Wunderlich und wohltuend war es, dachte sie, als sie auf ein Stückchen Papier den Namen *Steven Penarth* schrieb, daß es gerade seine eigene Mutter sein mußte, die sie dies gelehrt hatte. Mrs. Penarth hätte sich ihretwegen vor Lachen ausschütten können – mochte Mrs. Penarth nun lernen, nicht mehr so sehr zu lachen.

Sie machte sich mit dem beschriebenen Zettel auf den Weg. Die Macht, die sie ersehnte, strömte in sie ein, Woge um Woge. Nun war sie wieder am Brunnen; sie kniete kurz nieder und sog wie ein ausgedörrtes Feld den Tau der Macht ein, der schwer in der Luft lag. Sie tastete im Finstern nach einer der farnumwucherten Mauernischen, und tief zwischen den Wedeln verbarg sie das Papier.

»Herr des Bösen und meiner selbst«, murmelte sie, »schicke Krankheit und Tod dem, den ich hier überantworte.«

Neben ihr regte sich etwas; sie wußte, daß jenes Wesen, das sie zuvor geängstigt hatte, wieder gegenwärtig war. Mit einer Geste des Willkommens wandte sie sich um, und dort neben ihr war die in Linnen gehüllte Gestalt und das zerfurchte Gesicht, doch nun war das Gewand nicht mehr weiß, sondern von modriger Erde befleckt, und Verwesung löste das Fleisch vom Gesicht. Judith schlang die Arme um das Gespenst und küßte die von Fäulnis zerfressenen, ausgefransten Lippen, und sie spürte, wie das Wesen mit ihr verschmolz. Sie schloß die Augen in der Ekstase dieser Vereinigung; als sie sie öffnete, hielt sie leere Luft umschlungen.

Früh am nächsten Morgen war sie unten, voll jugendlicher Glut und Frische, und bald holperte der Milchkarren ans Tor her. Doch nicht Steven fuhr ihn, sondern Mrs. Penarth.
»Heute bin ich mit Ihrer Milch gekommen, Miss Judith«, sagte sie. »Steven hat nämlich fürchterliche Kopfschmerzen, und ich habe ihn wieder ins Bett geschickt. Aber er hat mir aufgetragen, ich solle beim Herrn Pfarrer das Aufgebot bestellen, für nächsten Sonntag.«
»Ach, wird Mr. Steven heiraten?« fragte Judith. »Wer ist denn die Braut?«
»Nance Pascoe, mit der er schon als Junge gespielt hat.«
»Da hat er Glück«, sagte Judith, »sie ist ja bildhübsch. Ich werde meinem Vater wegen des Aufgebots Bescheid sagen. Und es tut mir leid, daß es Mr. Steven nicht gut geht. Aber er wird sicher rasch wieder zu Kräften kommen.«
Die Tage verstrichen, und bald zeigte es sich, daß Steven mit einem schlimmen Fieber darniederlag, das weder die heilkundigen Hände seiner Mutter noch die Arznei des Doktors zu lindern vermochten. Jeden Morgen hörte Judith von Mrs. Penarth, daß es ihm nicht besser ging, und jeden Morgen fühlte sie sich einer aufmerksamen, stummen Prüfung unterzogen. Sie war nicht vom Schlage jener, die sich vor dem Spiegel drehen und wenden, aber eines Tages, als Mrs. Penarth weitergefahren war, lief sie hinauf und betrachtete fragend ihr Gesicht. Es hatte sich wahrhaftig verändert; die Züge traten schärfer hervor, und jener verschobene Blick war fraglos deutlicher zu bemerken. Doch ihr behagte das; es war ein äußeres, sichtbares Zeichen ihrer Macht. Jeden Abend saß sie nun am Wunschbrunnen und versenkte sich ganz in ihr Begehren. Die

Nachricht von Steven war an diesem Morgen erfreulich schlecht gewesen; sein Fieber war noch heftiger aufgeflammt, und es zehrte ihm das Fleisch an den Knochen auf und sog die Kraft aus ihm. Zweimal war er nun schon aufgeboten worden, aber es sah nicht so aus, als werde er vor den Traualtar treten.

Der Mond war kurz vor dem Aufgehen, als Judith aufstand, um heimzukehren; sie glaubte im Gebüsch am Brunnen eine Bewegung zu hören und rief »Sally, Sally«, aber es kam keine Antwort. Ihre Glieder waren leicht vor Freude, sie tanzte den Grasweg entlang und machte Luftsprünge im Überschwang ihrer Seele . . . Sobald sie aus der Kirchhofspforte trat, stahl sich Mrs. Penarth hinter den Büschen hervor. Sie hatte eine schwach glimmende Laterne bei sich, und sie suchte die Innenwand des Wunschbrunnens ab. Sie erspähte das Papier, das Judith dort versteckt hatte, und sie zog es hervor und las. Sie riß es mittendurch, und auf die unbeschriebene Hälfte schrieb sie einen anderen Namen und steckte es an seinen Platz zurück. In jener Nacht schlief Steven gut und lange, und am Morgen, genau wie es Judith ausgedrückt hatte, kam er rasch wieder zu Kräften.

Judith war zur Zeit der Milchanfuhr nicht im Garten und konnte die erfreuliche Nachricht nicht hören, und später an diesem Tage wurde Dr. Addis geholt; er fand sie an einem ebensolchen Fieberanfall erkrankt, wie er ihn während der vergangenen vierzehn Tage behandelt hatte. Das verblüffte ihn, aber die Behandlung bei dem anderen Patienten erwies sich nachgerade als erfolgreich, und er versicherte dem Vater, es gebe keinen Grund zur Besorgnis; Fieberkrankheiten nahmen nun einmal ihren Lauf. Doch Judiths Fieber nahm seinen Lauf allzu heftig.

Zehn Tage nach dem Ausbruch ihrer Erkrankung lag sie im Bett, das Gesicht dem Fenster zugekehrt. Sie wußte, daß ihr die Macht, die in sie übergegangen war, während sie jenes Schreckgespenst am Wunschbrunnen umschlungen hatte, mittels einer noch ungleich stärkeren Kraft langsam wieder entzogen wurde, die vampirgleich auch ihre eigene Lebenskraft aufsog. Sie war den ganzen Tag bei vollem Bewußtsein gewesen, doch oft hatte sie, flackernd wie eine Kerzenflamme, die vom Luftzug hierhin und dorthin geblasen wird, die undeutliche Erscheinung jener linnenumhüllten Gestalt gesehen, die sie mit ihrer Umarmung willkommen geheißen hatte. Sie schien noch durch eine Art Band aus durchscheinendem Weiß mit ihr verbunden zu sein und wirkte unfertig, aber etwa um die Stunde des Sonnenuntergangs sah sie das Gespenst an ihrem Bett stehen, deutlich gestaltet und von ihr getrennt. In das Gesicht hatte die Verwesung nun tiefe Krater gefressen. Das Wesen glitt von ihr weg und schwebte zum Fenster hinaus. Sie blieb zurück, ein Mensch wieder, doch krank auf den Tod.

Sie erinnerte sich, wie sie Stevens Namen aufgeschrieben und ihn der Macht des Wunschbrunnens überantwortet hatte. Doch was war daraus geworden? Seit der vergangenen Woche brachte wieder Steven die Morgenmilch, gesund und blühend, mit Erkundigungen seiner Mutter nach Judiths Befinden.

Wäre es denkbar, so befragte sie sich, daß ihr in einem Punkt des verwerflichen Rituals ein Fehler unterlaufen war und daß das, was sie geschrieben hatte, nicht sein Verderben, sondern das ihre bewirkte? Es wäre ratsam, jenes Stück Papier zu vernichten, könnte sie nur hingelangen; nicht weil sie ihm nicht länger Böses wünschte, sondern aus Furcht, jenes fruchtlose Unterfangen könne ihr die eigene Lebenskraft entziehen. Sie stand vom Bett auf, schwindlig vor Schwäche, und bekam es zuwege, Rock und Wolljacke überzuziehen und in ihre Schuhe zu schlüpfen. Das Haus war still, und Schritt für Schritt mühte sie sich die Treppe hinab und zur Haustür hin. Der erfrischende Wind von der See her weckte ihre Lebensgeister ein wenig, und schwerfällig schlich sie den Grasstreifen entlang, der zwischen der Kirchhofspforte und dem Brunnen lag und auf dem sie einhergetanzt und gesprungen war. Sie ging um das abschirmende Gesträuch herum, und dort auf der Ummauerung war Stevens Mutter. Sie stand auf, als Judith erschien, und machte einen Knicks.

»Ah, Liebste. Was sehen Sie elend aus, wirklich, Miss Judith«, sagte sie. »Ist es denn gut für Sie, aus dem Haus zu gehen? Und auch noch zum Wunschbrunnen. Hier haben sich sonderbare Dinge zugetragen.«

»Oh, ich werde bald wieder zu Kräften kommen«, sagte Judith. »Auf einen Schluck Wasser aus dem Wunschbrunnen hatte ich gerade Lust.«

Sie kniete an der Ummauerung nieder und stützte sich mit einer Hand an der Brunnenwand ab, während sie mit der anderen zwischen den Farnkräutern herumtastete, die sie säumten. Da war der Zettel, den sie versteckt hatte, und sie zog ihn hervor.

»Dann nehmen Sie nur Ihren Schluck, Miss Judith«, sagte Mrs. Penarth. »Oh, was haben Sie denn da gefunden? Das ist ja etwas ganz Eigenartiges. Ein gefalteter Zettel, da drin? Machen Sie ihn auf, liebes Herz; vielleicht steht eine gute Nachricht darauf.«

Judith zerknüllte das Papier in der Hand; sie brauchte es nicht anzuschauen, und noch während sie da kniete, fühlte sie eine sanfte Linderung und Kühlung ihrer Fieberhitze über sich kommen.

Mrs. Penarth reckte jäh die Hand nach ihr aus. »Mach's auf, du schamlose Hexe«, schrie sie. »Tu, was ich dir sage!«

Judith entfaltete den Zettel und fand ihren eigenen Namen darauf geschrieben.

Sie versuchte sich zu erheben; sie wankte und taumelte, und

sie stürzte vornüber in den Wunschbrunnen. Er war sehr tief, und seine Innenwand war schlüpfrig von schleimigem Belag und Algen. Sie bekam den Mauerrand zu fassen, worauf sie gekniet hatte, aber ihre Finger glitten wieder ab, und sie versank. Einmal noch kam sie hoch, und dann drang ihr ein Getöse in die Ohren und Schwärze in die Augen, und tief in ihre Kehle ergoß sich das kühle Wasser des Wunschbrunnens.

Der Zug da, der zur Hölle fährt

Robert Bloch

Als Martin ein kleiner Junge war, arbeitete sein Papa bei der Bahn. Papa thronte nie auf dem Dampfroß, sondern er schritt für die Eisenbahngesellschaft CB&Q die Gleise ab, und er war stolz auf seinen Job. Und jeden Abend, wenn er betrunken war, sang er das alte Lied vom »Zug da, der zur Hölle fährt«.

An den Text konnte sich Martin nicht mehr so richtig erinnern, aber er konnte nicht vergessen, wie sein Papa das Lied lauthals gesungen hatte. Und als Papa den Fehler machte, sich am Nachmittag zu betrinken, und zwischen einem Tankwagen der Pennsylvania und einem offenen Güterwagen der AT&SF zerquetscht wurde, da wunderte sich Martin, warum die lieben Kollegen beim Begräbnis eigentlich nicht dieses Lied sangen.

Danach ging es Martin nicht allzu rosig, aber irgendwie blieb ihm Papas Lied immer im Gedächtnis. Als Mama mit einem Handelsvertreter aus Keokuk auf und davon ging (Papa mußte sich im Grabe umgedreht haben, als er erfuhr, was sie da getan hatte, und obendrein mit einen *Passagier!*), summte Martin im Waisenhaus jeden Abend die Melodie vor sich hin. Und als Martin dann ebenfalls durchbrannte, pfiff er das Lied immer ganz leise nachts im Landstreicherlager, wenn die anderen Tippelbrüder schliefen.

Martin war vier oder fünf Jahre lang auf der Walze, bis ihm aufging, daß er so zu nichts kam. Freilich versuchte er sich in allem möglichem – Obstpflücken in Oregon, Tellerwaschen in einer Kneipe in Montana, Radkappen klauen in Denver und Reifen in Oklahoma – , aber als er erst mal sechs Monate Knast unten in Alabama hinter sich hatte, war ihm klar, daß er keine Zukunft hatte, wenn er sich weiterhin einfach treiben ließ.

Also versuchte er, bei der Bahn anzukommen wie sein Papa, aber man sagte ihm, es seien schlechte Zeiten.

Von der Eisenbahn kam Martin jedoch nicht mehr los. Wohin er auch reiste, fuhr er auf den Schienen; lieber sprang er bei Minustemperaturen auf einen Güterzug gen Norden, als daß er den Daumen hob, um per Anhalter im Cadillac nach Florida zu kommen. So oft er es schaffte, eine Flasche Wermut zu kriegen, setzte er sich vor einen behaglich warmen Entlüftungsschacht und dachte an die gute alte Zeit, und meistens summte er dann das Lied vom »Zug da, der zur Hölle fährt«. Das war der Zug, mit dem die Säufer und die Sünder fuhren – die Glücksspieler und die Ganoven, die stinkreichen Angeber und die Schürzenjäger und all die lustigen Vögel. Es wäre wahrhaftig ein Spaß, mal in so netter Gesellschaft zu reisen, nur dachte Martin nicht gern daran, was passieren würde, wenn der Zug dann endlich ins Depot tief, tief da drunten einlief. Er hatte nicht vor, die Ewigkeit mit Kesselschüren in der Hölle zu verbringen, und das auch noch ohne den Schutz der Gewerkschaft. Und doch – es wäre eine herrliche Fahrt. Falls es so etwas wie einen Zug zur Hölle wirklich gäbe. Und den gab es natürlich nicht.

Wenigstens glaubte Martin nicht daran, bis zu dem Abend, als er auf den Gleisen nach Süden wanderte, kurz hinter dem Knotenpunkt bei Appleton. Der Abend war kalt und dunkel, wie es Novemberabende im Fox-River-Tal nun einmal sind, und er wußte, daß er es vor dem Winter noch nach New Orleans oder sogar nach Texas hinunter schaffen mußte. Der Sinn stand ihm zwar nicht gerade danach, obwohl ihm einer

erzählt hatte, in Texas hätten eine Menge Autos Radkappen aus purem Gold.
O nein, er war einfach nicht der Typ für kleine Diebereien. Das war schlimmer als eine Sünde – es brachte nämlich am Ende nichts ein. Schlimm genug, so eine Heidenarbeit auf sich zu nehmen, aber dann auch noch so miserabel daran zu verdienen! Vielleicht sollte er sich lieber von der Heilsarmee bekehren lassen.
Martin stapfte mühselig daher, summte Papas Lied dazu und hoffte, es werde aus dem Bahnhof ein Güterzug fahren. Den würde er erwischen müssen – es blieb ihm nichts anderes übrig.
Aber der erste Zug, der sich näherte, kam aus der anderen Richtung, von Süden her, die Strecke entlanggedonnert.
Martin spähte in die Ferne, doch seine Augen konnten es mit den Ohren nicht aufnehmen, und vorerst konnte er nur den Lärm ausmachen. Es *war* aber ein Zug; er fühlte den Stahl unter seinen Füßen vibrieren und singen.
Nur – wie sollte das zugehen? Die nächste Station südwärts war Neenah-Menasha, und von da war auf Stunden hinaus planmäßig nichts zu erwarten.
Die Wolken oben waren dicht, und der Dunst auf den Feldern ballte sich wie eben kalter Nebel um Mitternacht im November. Dennoch hätte Martin jetzt die Scheinwerfer sehen müssen, während der Zug heranbrauste. Aber da war nur das Pfeifen, das wie ein Schrei aus der schwarzen Kehle der Nacht drang. Martin kannte das Zubehör praktisch jeder Lok, die man je gebaut hatte, aber eine Pfeife, die wie diese klang, hatte er noch nie gehört. Sie gab kein Signal; sie schrie wie eine verlorene Seele.
Er trat zur Seite, denn nun war der Zug auf seiner Höhe angelangt. Und plötzlich war er da, riesengroß raste er auf dem Gleis daher und kam kreischend so schnell zu Stehen, wie es Martin nicht für möglich gehalten hätte. Die Radachsen waren lange

nicht mehr geölt worden, denn auch sie gaben schrille Schreie von sich, wie die Schreie der Verdammten. Aber der Zug hielt schleifend an, und die Schreie erstarben zu einer Folge leiser, ächzender Laute, und Martin blickte auf und sah, daß es ein Personenzug war. Er war groß und schwarz, ohne ein einziges Licht im Lockführerstand oder in einem der langen Reihe von Wagen; Martin konnte auf den Seiten keine Beschriftung lesen, aber er war ziemlich sicher, daß dieser Zug nicht auf die Nordwest-Strecke gehörte.

Noch sicherer war er dann, als er den Mann vom ersten Wagen herunterklettern sah. Irgend etwas stimmte nicht mit seiner Gangart, als ziehe er einen Fuß nach, und mit der Laterne, die er trug. Die Laterne war dunkel, und der Mann hob sie zum Mund und blies, und sogleich glühte sie rot auf. Man muß kein Eisenbahner sein, um zu erkennen, daß das eine höchst sonderbare Art ist, eine Laterne anzuzünden.

Als die Gestalt näherkam, sah Martin die Schaffnermütze auf dem Kopf, und da fühlte er sich vorübergehend besser – bis er bemerkte, daß sie ein wenig zu hoch saß, als könne darunter etwas von der Stirn abstehen.

Doch Martin wußte, wie man sich benimmt, und als ihn der Mann anlächelte, sagte er: »Guten Abend, Herr Schaffner.«

»Guten Abend, Martin.«

»Woher kennen Sie meinen Namen?«

Der Mann zuckte die Achseln. »Woher wissen Sie, daß ich der Schaffner bin?«

»Sie sind es doch, oder nicht?«

»Für Sie ja. Obgleich andere Leute in anderen Lebensumständen mir in ganz unterschiedlicher Gestalt begegnen können. Sie sollten zum Beispiel sehen, wie ich der Gesellschaft drüben in Hollywood vorkomme.« Der Mann grinste. »Ich komme sehr viel herum«, erklärte er.

»Was führt Sie hierher?« fragte Martin.

»Na, die Antwort darauf müßten Sie doch kennen, Martin. Ich bin gekommen, weil Sie mich brauchen. Heute abend wurde mir plötzlich klar, daß es mit Ihnen abwärts geht. Zu überlegen, ob Sie der Heilsarmee beitreten sollen – ich bitte Sie!«
»Ja, aber – « Martin zögerte.
»Nur keine falsche Scham. Irren ist menschlich, wie irgendwer mal gesagt hat. Stand es nicht in ›Reader's Digest‹? Na, egal. Wichtig ist: ich spürte, daß Sie mich brauchen. Also die Weiche gestellt, und auf ging's, zu Ihnen.«
»Wozu?«
»Na, natürlich um Sie zum Mitfahren einzuladen. Ist's nicht besser, bequem mit dem Zug zu reisen, als hinter einer Musikkapelle der Heilsarmee durch die kalten Straßen zu marschieren? Da tun einem die Füße weh, wie man hört, und das Trommelfell erst!«
»Ich weiß nicht recht, ob ich mit Ihrem Zug fahren möchte, Sir«, sagte Martin. »Wenn ich bedenke, wo ich dann wahrscheinlich landen werde.«
»Ach ja. Immer derselbe Einwand.« Der Schaffner seufzte. »Ich vermute, Sie sind eher auf einen Pakt aus, stimmt's?«
»Haarscharf«, antwortete Martin.
»Na, dann tut mir's leid, aber da ist bei mir nichts mehr drin. An Interessenten fürs Mitfahren herrscht zur Zeit kein Mangel mehr. Weshalb sollte ich Ihnen da wohl ein Sonderangebot machen?«
»Sie wollen mich doch haben – sonst hätten Sie nicht extra einen Umweg gemacht, um mich zu finden.«
Wieder seufzte der Schaffner. »Da haben Sie recht. Mangelnder Stolz war schon immer mein wunder Punkt, das gebe ich zu. Und dann würde ich Sie nur äußerst ungern an die Konkurrenz verlieren, nachdem ich Sie all die Jahre als mein eigen betrachtet habe.« Er zögerte. »Gut – ich bin bereit, in Ihre Bedingungen einzuwilligen, wenn Sie wollen.«

»Bedingungen?« fragte Martin.
»Der übliche Wunsch. Alles, was Sie haben wollen.«
»Aha«, sagte Martin.
»Aber ich warne Sie im voraus: hier wird nicht gemogelt. Ich erfülle Ihnen jeden Wunsch, den Sie mir nennen können – aber dafür müssen Sie mir versprechen, mit dem Zug zu fahren, sobald die Zeit kommt.«
»Und wenn sie nun nicht kommt?«
«Sie kommt.«
»Und wenn ich mir etwas wünsche, das mich für immer davor bewahrt?«
»Einen solchen Wunsch gibt es nicht.«
»Seien Sie da nicht so sicher.«
»Das lassen Sie meine Sorge sein«, erklärte ihm der Schaffner. »Ganz egal, was Sie im Sinn haben, ich weise Sie schon jetzt darauf hin, daß ich am Ende abkassiere. Und dann gibt es kein Zurück in letzter Minute und solchen Zauber. Keine Reue zum letzten Stündlein, keine blonde Schönheit und kein Staranwalt wird auftauchen und Sie retten. Ich biete einen sauberen Pakt. Das heißt Sie kriegen, was Sie wollen, und ich kriege, was ich will.«
»Ich hab' gehört, Sie legen die Leute rein. Man sagt, Sie seien schlimmer als ein Gebrauchtwagenhändler.«
»Na, nun hören Sie mal – «
»Entschuldigung«, sagte Martin hastig. »Aber es gilt allgemein als Grundsatz, daß Ihnen nicht zu trauen ist.«
»Das gebe ich zu. Andererseits scheinen Sie zu glauben, Sie hätten ein Schlupfloch entdeckt.«
»Einen todsicheren Vorschlag.«
»Todsicher? Sehr komisch!« Der Mann begann zu lachen, hielt dann aber inne. »Martin, wir verplempern hier nur wertvolle Zeit. Kommen wir nun zur Sache. Was wollen Sie von mir?«

Martin holte tief Atem. »Ich will die Zeit anhalten können.«
»Jetzt gleich?«
»Nein. Noch nicht. Und nicht für jeden. Das wäre allerdings unmöglich, da sehe ich klar. Aber ich möchte für mich selber die Zeit anhalten können. Nur ein einziges Mal in der Zukunft. Wenn ich einmal an einem Punkt angekommen bin, wo ich weiß: jetzt bin ich glücklich und zufrieden – da möchte ich anhalten. Dann kann ich immerfort glücklich sein.«
»Das ist schon ein besonderer Vorschlag«, meinte der Schaffner nachdenklich. »Ich muß wohl oder übel zugeben, daß mir so etwas noch nicht begegnet ist – und glauben Sie mir, mir sind in meinem Leben schon die tollsten Sachen zu Ohren gekommen.« Er grinste Martin an. »Sie haben sich ja richtig systematisch damit befaßt, was?«
»Seit Jahren«, bekannte Martin. Dann hustete er. »So, und was sagen Sie dazu?«
»Es ist nicht unmöglich, wenn man von Ihrem *persönlichen* Zeitsinn ausgeht«, murmelte der Schaffner. »Ja, ich denke, das ließe sich einrichten.«
»Aber ich will, daß es einen *richtigen* Stillstand gibt. Nicht nur in meiner Einbildung.«
»Ich verstehe. Gut, das läßt sich machen.«
»Dann sind Sie einverstanden?«
»Wieso nicht? Ich hatte es Ihnen versprochen, oder nicht? Geben Sie mir Ihre Hand.«
Martin zögerte. »Wird es sehr weh tun? Ich meine nur – ich kann kein Blut sehen, und – «
»Unsinn! Sie haben sich da irgendwelchen Quatsch aufschwatzen lassen. Wir sind bereits handelseinig, mein Junge. Ich möchte Ihnen lediglich etwas in die Hand drücken. Das Mittel zum Zweck – zur Erfüllung Ihres Wunschs. Schließlich ist nicht vorherzusehen, wann Sie sich nun in den Kopf setzen, das Abkommen abzurufen, und dann kann ich nicht alles

stehen und liegen lassen und angesaust kommen. Also ist es besser, Sie können die Sache selbst regeln.«
»Dann wollen Sie mir einen Zeitstopper geben?«
»Irgend etwas in der Art. Sobald ich mir darüber klar bin, was da geeignet wäre.« Der Schaffner hielt inne. »Ah, da hab' ich's schon! Hier, nehmen Sie meine Uhr.«
Er zog sie aus der Westentasche: eine Eisenbahneruhr im Silbergehäuse. Er öffnete den Deckel und verstellte eine Kleinigkeit; Martin versuchte zu erspähen, was er eigentlich tat, aber die flinke Fingerbewegung verschwamm ihm vor den Augen.
»So, das wär's«, sagte der Schaffner lächelnd. »Nun ist sie richtig eingestellt. Wenn Sie irgendwann beschließen, jetzt Halt zu machen, dann drehen Sie einfach die Krone in der Gegenrichtung und entspannen Sie die Feder, bis die Uhr stehenbleibt. Und wenn sie stehenbleibt, dann bleibt die Zeit stehen – für Sie. Einfacher geht's nicht, oder?« Und der Schaffner ließ die Uhr in Martins Hand gleiten.
Der junge Mann schloß fest die Finger um das Gehäuse. »Und das ist tatsächlich alles?«
»Reineweg alles. Aber geben Sie acht – Sie können die Uhr nur ein einziges Mal anhalten. Also seien Sie lieber ganz sicher, daß Ihnen der Augenblick, den Sie verlängern wollen, auch gewiß behagt. Ich warne Sie in aller Fairneß: seien Sie Ihrer Wahl nur ja ganz sicher.«
»O ja.« Martin grinste. »Und da Sie sich in der Sache so fair verhalten haben, werde ich auch fair sein. Sie haben da anscheinend etwas außer acht gelassen. Es kommt eigentlich nicht darauf an, welchen *Zeitpunkt* ich wähle. Denn wenn ich für mich die Zeit anhalte, dann heißt das, daß ich immer so bleiben werde, wie ich bin. Ich werde nie mehr älter. Und wenn ich nicht älter werde, dann sterbe ich auch nie. Und wenn ich nicht sterbe, dann muß ich nie mit Ihrem Zug fahren.«

Der Schaffner wandte sich ab. Seine Schultern zuckten krampfhaft, und er sah ganz so aus, als weine er. »Und da sagen Sie, *ich* sei schlimmer als ein Gebrauchtwagenhändler«, stieß er mit erstickter Stimme hervor.

Dann wanderte er in den Nebel hinaus, und die Lokomotivpfeife gab ein ungeduldiges Schrillen von sich, und schon glitt der Zug die Schienen entlang und entschwand stampfend ins Dunkel. Martin stand da und blinzelte auf die silberne Uhr in seiner Hand hinunter. Hätte er sie dort nicht wirklich gesehen und gespürt, und hätte er nicht jenen eigenartigen Geruch bemerkt, so hätte er vielleicht geglaubt, sich alles von Anfang bis zum Ende eingebildet zu haben: den Zug, den Schaffner, den Pakt – alles.

Aber er hatte die Uhr, und er erkannte den Geruch, den der abfahrende Zug hinterlassen hatte. Freilich gibt es nicht viele Lokomotiven, die man mit Schwefel heizt ...

Und wegen des Handels hatte er keine Bedenken. So kriegt man das hin, wenn man die Dinge bis zum logischen Schluß durchdenkt. Ein paar Dummköpfe hätten sich mit Reichtum oder Macht oder einer Schönheit vom Film begnügt. Papa hätte seine Seele vielleicht schon für eine Flasche Whisky verkauft.

Martin wußte, daß er ein besseres Geschäft gemacht hatte. Besser? Es war narrensicher. Nun brauchte er nur noch den richtigen Augenblick abzuwarten.

Er steckte die Uhr in die Tasche und ging wieder los, die Schienen entlang. Vorher hatte er kein bestimmtes Ziel gehabt, aber nun hatte er eines. Er wollte einen Augenblick des Glücks finden ...

Nun war der junge Martin nicht auf den Kopf gefallen. Es war ihm völlig klar, daß Glück eine relative Angelegenheit ist; es gibt Bedingungen und Grade der Zufriedenheit, und diese wechseln mit dem eigenen Schicksal. Als Landstreicher war er oft mit einer erbettelten warmen Mahlzeit, einer nicht zu kurzen Parkbank oder einer Flasche guten Wermut zufrieden. Oftmals hatte er mit solch einfachen Mitteln ein Stadium augenblicklicher Glückseligkeit erlangt, aber ihm war klar, daß es Besseres gab. Martin beschloß, sich auf die Suche danach zu machen.

Am übernächsten Tag war er in der Großstadt Chicago. Als müsse es so sein, trampte er zur West Madison Street hinüber, und dort unternahm er das Erforderliche zur Hebung seiner Lebensverhältnisse. Er wurde Stadtstreicher, Bettler, Schnorrer. Noch vor Ablauf einer Woche hatte er es bis zu dem Punkt geschafft, wo das Glück ein Essen in einem Schnellimbiß mit Spielautomaten ist, dazu eine billige Liegestatt auf einem richtigen Armeefeldbett in einem richtigen Asyl und einen Liter Muskateller.

Eines Abends, als Martin alle drei Hochgenüsse voll ausgekostet hatte, dachte er auf dem Gipfel des Rausches daran, seine Uhr anzuhalten. Doch dann dachte er auch an die Gesichter der achtbaren Bürger, die er an diesem Tag um eine milde Gabe angebettelt hatte. Freilich waren es Spießer, aber sie lebten im Wohlstand. Sie trugen gute Kleider, hatten einen guten Job und fuhren schöne Autos. Und für sie war das Glück noch rauschhafter – sie speisten in feinen Hotels zu Abend, sie schliefen auf Sprungfedermatratzen, sie tranken Markenwhisky.

Spießer hin oder her – das war nicht zu verachten. Martin fingerte an seiner Uhr herum, widerstand der Versuchung, sie für eine weitere Flasche Muskateller zu verpfänden, und begab sich mit dem Entschluß zur Ruhe, einen Job zu finden und seinen Glücksquotienten zu verbessern.

Als er erwachte, hatte er einen Kater, aber der Entschluß war noch in ihm wach. Noch vor Monatsende arbeitete Martin

bei einem Baulöwen in der Südstadt an einem der großen Sanierungsprojekte. Die Plackerei war ihm zuwider, aber der Lohn war gut, und bald darauf legte er sich eine Einzimmerwohnung draußen an der Blue Island Avenue zu. Er war es nun gewohnt, in anständigen Lokalen zu essen, und er kaufte sich ein bequemes Bett, und jeden Samstag ging er in die Kneipe an der Ecke. All das war recht angenehm, aber ...
Der Polier war mit seiner Arbeit zufrieden und versprach ihm für den nächsten Monat eine Lohnerhöhung. Wenn er noch so lange zuwartete, würde er sich von der Aufbesserung einen Gebrauchtwagen leisten können. Mit einem Wagen könnte er dann hin und wieder ein Mädchen ausführen. So machten es die Kumpels auch, und sie sahen recht glücklich aus.

Also arbeitete Martin weiter, und er kam zu seiner Aufbesserung und zu seinem Wagen, und recht bald kam er auch zu Mädchen.

Als er es das erste Mal geschafft hatte, wollte er sofort an seiner Uhr drehen – bis ihm einfiel, was manche älteren Männer immer sagten. Da gab es zum Beispiel einen namens Charlie, der neben ihm am Lastenaufzug arbeitete. »Wenn du jung bist und noch nicht weißt, wo's lang geht, ist das Rumziehen mit den duften Bienen vielleicht ganz nett. Aber nach einer Weile willst du was Besseres. Ein richtig nettes Mädchen für dich allein. Das ist das Wahre.«

Martin fand, er sei es sich selbst schuldig, das auszuprobieren. Wenn es ihm nicht behagte, konnte er immer noch zum Gewohnten zurückkehren.

Fast sechs Monate vergingen, und dann lernte Martin Lillian Gillis kennen. Inzwischen war er weiter aufgestiegen und arbeitete jetzt im Büro. Zwar mußte er einen Abendkurs besuchen, um einfache Buchführung zu pauken, aber dafür gab es nochmal fünfzehn Dollar mehr Wochenlohn, und die Arbeit im Zimmer war angenehmer.

Und die Sache mit Lillian machte richtig Spaß. Als sie ihm sagte, sie wolle ihn heiraten, war Martin fast sicher, jetzt sei der Zeitpunkt gekommen. Nur war sie etwas – nun ja, sie war eben ein *nettes* Mädchen, und sie sagte, sie beide müßten warten bis zur Hochzeit. Allerdings würde Martin sich das Hochzeitmachen erst leisten können, wenn er noch ein wenig mehr auf dem Sparbuch hatte, und dazu käme ihm eine weitere Lohnerhöhung nicht ungelegen.
So ging wieder ein Jahr herum. Martin hatte Geduld, weil er wußte, es würde sich lohnen. Immer wenn ihn Zweifel überkamen, zog er seine Uhr hervor und sah sie an. Nur zeigte er sie nie Lillian oder sonst jemand. Die meisten anderen Männer trugen teure Armbanduhren, und die alte silberne Eisenbahner-Taschenuhr sah nun einmal ein wenig billig aus. Martin lächelte, wenn er auf die Krone blickte. Nur ein paar Drehungen, und er würde etwas haben, was keiner von den anderen armen Schluckern, die sich da abrackerten, je kriegen konnte. Immerwährende Seligkeit, mit seiner sanft errötenden Braut . . .
Nur stellte sich heraus, daß das Heiraten erst der Anfang war. Sicher, es war herrlich, aber Lillian meinte, wie viel schöner es noch wäre, wenn sie in eine neue Wohnung ziehen und sich hübsch einrichten könnten. Martin wünschte sich solide Möbel, einen Fernseher, einen flotten Wagen.
Also ging er wieder auf die Abendschule und wurde auf einen wichtigen Posten im Büro befördert. Als das Baby unterwegs war, wollte er bei der Stange bleiben und seinen Sohn ankommen sehen. Und als der kam, ging ihm auf, daß er weiter warten mußte, bis das Kind ein wenig größer wurde, laufen lernte und sich zu einer Persönlichkeit entwickelte.
Etwa um diese Zeit schickte ihn die Firma in den Außendienst, als »Feuerwehr« für gewisse heikle Aufgaben, und jetzt aß er tatsächlich in diesen feinen Hotels und lebte von seinen

Spesen in Saus und Braus. Mehr als einmal war er versucht, an seiner Uhr zu drehen. Das war das süße Leben . . . Aber noch besser wäre es, wenn er erst gar nicht mehr arbeiten müßte. Früher oder später, wenn er es schaffte, in ein gutes Geschäft einzusteigen, dann könnte er seinen Schnitt machen und sich zur Ruhe setzen. Dann wäre alles ideal.
Es kam soweit, aber es dauerte. Martins Sohn ging schon aufs Gymnasium, als die Moneten wirklich anrollten. Martin spürte es ganz deutlich: jetzt oder nie. Er war nicht mehr der Jüngste.
Aber genau da lernte er Sherry Westcott kennen, und die fand ihn anscheinend gar nicht so angejahrt, trotz Haarausfall und Fettansatz. Sie brachte ihm bei, daß sich die kahle Stelle hinter einem Toupet und der Wohlstandsspeck hinter einem Leibgurt verbergen ließ. O ja, sie brachte ihm eine ganze Menge bei, und er war ein so begeisterter Schüler, daß er nun wirklich seine Uhr hervorzog und daran drehen wollte.
Unseligerweise hatte er sich dazu ausgerechnet den Augenblick ausgesucht, als der Privatdetektiv die Tür des Hotelzimmers aufbrach, und dann kam eine lange Durststrecke, während Martin vollauf damit beschäftigt war, die Scheidung durchzuboxen, so daß er wahrhaftig nicht von sich behaupten konnte, an irgendeinem Augenblick Spaß gehabt zu haben.
Als er die Sache mit Lil endlich geregelt hatte, war er wieder pleite, und Sherry fand ihn auf einmal doch nicht mehr so jung. Also riß er sich zusammen und ging wieder arbeiten. Er kam schließlich doch noch ans große Geld, aber diesmal dauerte es länger, und es war kaum mehr drin, daß er sich zwischendurch mal amüsierte. Die eleganten Damen in den eleganten Hotelbars interessierten ihn offenbar nicht mehr, und mit dem Alkohol erging es ihm ebenso. Im übrigen hatte ihm der Arzt vom Trinken abgeraten.
Doch ein reicher Mann konnte sich andere Vergnügungen

leisten. Reisen zum Beispiel – und nicht etwa Bahnfahren von einem Provinznest zum anderen. Martin reiste mit Flugzeug und Luxusdampfer um die Welt. Einmal sah es so aus, als werde er seinen Augenblick nun doch noch finden: beim Besuch des Tadsch Mahal im Mondschein. Martin zog die zerbeulte alte Taschenuhr hervor und machte sich daran, an der Krone zu drehen. Niemand schaute zu –

Und deshalb zögerte er dann auch. Gewiß war dies ein genußreicher Augenblick, aber er war allein. Lil und das Kind waren fort, Sherry war fort, und irgendwie hatte er nie Zeit gehabt, Freundschaften zu schließen. Wenn er nun neue sympathische Leute kennenlernte, dann könnte er den endgültigen Glückszustand noch erreichen. Das war wohl das Entscheidende – es ging nicht einfach um Geld oder Macht oder Sex oder Sehenswürdigkeiten. Wahre Zufriedenheit brachte nur die Freundschaft.

Also versuchte Martin auf der Rückreise an der Schiffsbar mit ein paar Leuten anzubändeln. Aber die waren alle viel jünger, und nichts verband Martin mit ihnen. Und dann wollten sie tanzen und trinken, und Martin war es nicht nach solchem Zeitvertreib zumute. Doch er versuchte es immerhin. Vielleicht kam es deshalb zu dem kleinen Unfall, am Tag, ehe sie in San Francisco anlegten. »Kleiner Unfall« nannte es der Arzt, aber Martin merkte, daß der Mann sehr ernst aussah, als er Bettruhe verordnete, und er hatte auch einen Krankenwagen bestellt, der an den Pier kam und den Patienten direkt vom Schiff in die Klinik beförderte. In der Klinik ließ sich Martin von der ganzen teuren Behandlung und dem teuren Lächeln und den teuren Worten nicht täuschen. Er war ein alter Mann und herzkrank, und man rechnete mit seinem Tod. Doch er konnte sie überlisten. Noch hatte er die Uhr. Er fand sie in seinem Mantel, als er seine Kleider anzog und sich heimlich aus der Klinik davonmachte.

Er mußte nicht sterben. Mit einer einzigen Bewegung konnte er den Tod narren – und er hatte die Absicht, dies als freier Mann zu tun, draußen unter freiem Himmel.
Das war das wahre Geheimnis des Glücks. Endlich hatte er es begriffen. Nicht einmal Freundschaft bedeutete so viel wie Freiheit. Das war das beste überhaupt – frei sein von Freunden oder Familie oder den Furien der Fleischeslust.
Martin schritt unter dem Nachthimmel bedächtig am Bahndamm entlang. Wenn er es sich recht überlegte, war er fast genau wieder am Ausgangspunkt vor so vielen Jahren angelangt. Doch es war ein guter Augenblick, gut genug, um ihn auf ewig hinzudehnen. Einmal Tippelbruder – immer auf der Walze.
Er lächelte, als er sich das überlegte, und dann verzerrte sich das Lächeln jäh und scharf wie der Schmerz, der jäh und scharf in seiner Brust bohrte. Die Welt begann sich um ihn zu drehen, und er stürzte neben dem Bahndamm hin.
Er konnte nur undeutlich sehen, aber er war bei Bewußtsein, und er wußte, was passiert war. Ein zweiter Infarkt, und diesmal sehr schlimm. Vielleicht ging es zu Ende. Nur würde er jetzt nicht länger so töricht sein. Nun würde er nicht mehr abwarten, was wohl noch hinter der nächsten Ecke kommen mochte.
Jetzt und hier hatte er die Chance, von seiner Macht Gebrauch zu machen und sein Leben zu retten. Und das würde er tun. Noch konnte er sich bewegen; nichts sollte ihn aufhalten. Er griff in seine Tasche, zog die alte silberne Uhr hervor und machte sich an der Krone zu schaffen. Ein paar Drehungen, und er würde dem Tod von der Schippe springen, niemals würde er mit diesem Zug zur Hölle fahren müssen. Ewig konnte er weiterleben.
Ewig.
Martin hatte sich dieses Wort noch nie so richtig überlegt.

Ewig weiterleben – aber *wie? Wollte* er überhaupt ewig so weiterleben: ein kranker alter Mann, der hilflos hier im Gras lag?
Nein. Das konnte er nicht. Das wollte er nicht. Und plötzlich war ihm ganz furchtbar zum Weinen, weil er wußte, daß er irgendwo auf seinem Weg sich selbst hereingelegt hatte. Und jetzt war es zu spät. Sein Blick trübte sich, es dröhnte ihm in den Ohren . . .
Natürlich wußte er, was das Dröhnen war, und er war keineswegs überrascht, als er den Zug oben auf dem Bahndamm aus dem Nebel heranbrausen sah. Er war auch nicht überrascht, als der Zug anhielt und der Schaffner herunterstieg und langsam auf ihn zukam.
Der Schaffner hatte sich kein bißchen verändert. Sogar sein Grinsen war noch das gleiche.
»Hallo, Martin«, sagte er. »Alles einsteigen.«
»Ich weiß«, flüsterte Martin. »Aber Sie müssen mich tragen. Ich kann nicht gehen. Ich rede ja schon gar nicht mehr richtig, oder?«
»O doch«, sagte der Schaffner, »ich kann Sie bestens verstehen. Und gehen können Sie auch.« Er beugte sich herunter und legte Martin die Hand auf die Brust. Ein Augenblick eisiger Benommenheit, und dann konnte Martin tatsächlich wieder gehen.
Er stand auf und folgte dem Schaffner den Hang hinan, an die Seite des Zuges.
»Hier rein?« fragte er.
»Nein, der nächste Wagen«, murmelte der Schaffner. »Ich finde, Sie haben Anspruch auf die Fahrt im Pullmanwagen. Immerhin sind Sie ein recht erfolgreicher Mann. Sie haben die Annehmlichkeiten des Wohlstands, der Karriere und des Prestiges genossen. Sie haben die Freuden der Ehe und Vaterschaft kennengelernt. Sie haben auch leibliche Genüsse und

Ausschweifungen nicht verschmäht, und Sie sind hoch, weit und herrlich gereist. Also bitte keine Klagen zum Schluß.«
»Na schön«, seufzte Martin. »Ich kann Ihnen ja nicht meine eigenen Fehler anlasten. Andererseits dürfen Sie sich auch nichts darauf zugute halten, wie alles gekommen ist. All das habe ich mir selbst erarbeitet. Alles habe ich selber getan. Und Ihre Uhr hab' ich überhaupt nicht gebraucht.«
»Sieh einer an«, sagte der Schaffner lächelnd. »Aber würden Sie sie mir jetzt bitte zurückgeben?«
»Wird wohl für den nächsten Schafskopf gebraucht, wie?« knurrte Martin.
»Mag sein.«
Der Ton dieser Worte ließ Martin aufblicken. Er versuchte die Augen des Schaffners zu sehen, aber der Mützenschirm beschattete das Gesicht. Da schaute Martin statt dessen auf die Uhr hinunter. »Sagen Sie mal«, meinte er vorsichtig, »wenn ich Ihnen die Uhr gebe, was tun Sie dann damit?«
»Na, die fliegt in den Graben«, erklärte ihm der Schaffner. »Was denn sonst?« Und er streckte die Hand aus.
»Und wenn nun einer daherkommt und sie findet? Und an der Krone rumspielt und die Zeit anhält?«
»Das würde keiner tun«, murmelte der Schaffner. »Auch nicht, wenn er Bescheid wüßte.«
»Dann heißt das, alles war nur ein Trick? Und das hier ist eine ganz gewöhnliche, billige Uhr?«
»Das habe ich nicht gesagt«, flüsterte der Schaffner. »Ich sagte nur, daß noch keiner jemals die Krone rückwärts gedreht hat. Alle waren sie wie Sie, Martin – immerzu auf der Suche nach dem vollkommenen Glück. Alle warten sie auf den Augenblick, der niemals kommt.«
Wieder streckte der Schaffner die Hand aus.
Martin seufzte und schüttelte den Kopf. »Sie haben mich also doch betrogen.«

»Sie haben sich selbst betrogen, Martin. Und jetzt werden Sie einsteigen, in den Zug da, der zur Hölle fährt.«
Er schob Martin aufs Trittbrett und in den Wagen. Als er eintrat, setzte sich der Zug in Bewegung, und die Signalpfeife schrillte. Und Martin stand da in dem sanft schaukelnden Pullmanwagen und ließ den Blick den Gang entlang über die Mitreisenden schweifen. Er konnte sie da sitzen sehen, und irgendwie erschien es ihm gar nicht so ungewöhnlich.
Das waren sie also: die Säufer und die Sünder, die Glücksspieler und die Ganoven, die stinkreichen Angeber und die Schürzenjäger und all die lustigen Vögel. Natürlich wußten sie, wohin die Reise ging, aber das scherte sie offenbar herzlich wenig. An den Fenstern waren die Rollos herabgelassen, aber drinnen war es hell, und alle amüsierten sich herrlich – sie sangen und ließen die Flasche kreisen und brüllten vor Lachen, sie würfelten und erzählten Witze und gaben ganz groß an, genau wie Papa in dem alten Lied immer davon gesungen hatte.
»Das sind aber sympathische Reisegefährten«, sagte Martin. »Na, eine so nette Gesellschaft hab' ich noch nie getroffen. Die amüsieren sich ja königlich, scheint mir!«
Der Schaffner zuckte die Achseln. »Ich fürchte, ganz so lustig wird es nicht mehr zugehen, wenn wir erst ins Depot einlaufen, tief, tief da drunten.«
Zum dritten Mal streckte er die Hand aus. »So, und ehe Sie sich jetzt hinsetzen, geben Sie mir mal eben die Uhr. Abgemacht ist abgemacht – «
Martin lächelte. »Abgemacht ist abgemacht«, wiederholte er. »Ich hatte mich verpflichtet, mit Ihrem Zug zu fahren, und dafür sollte ich die Zeit anhalten dürfen, wenn ich den richtigen Glücksaugenblick gefunden hätte. Und ich finde, ausgerechnet hier bin ich nun so glücklich wie noch nie.«
Ganz langsam nahm Martin die silberne Krone der Uhr zwischen die Finger.

»Nein!« ächzte der Schaffner. »Nein!«
Doch die Krone drehte sich.
»Sind Sie sich darüber im klaren, was Sie angerichtet haben?« brüllte der Schaffner. »Nun kommen wir nie ins Depot! Wir werden immerzu weiterfahren, allesamt – bis in alle Ewigkeit!«
Martin grinste. »Ich weiß«, sagte er. »Aber der Hauptspaß ist das Reisen und nicht das Ankommen. Das weiß ich von Ihnen. Und jetzt freue ich mich auf eine wunderbare Reise. Hören Sie, vielleicht kann ich Ihnen sogar helfen. Wenn Sie noch eine Dienstmütze für mich übrig haben und mir die Uhr lassen – «
Und so wurde man schließlich einig. Mit seiner Mütze und seiner alten zerbeulten silbernen Uhr gibt es auf dieser Welt und anderswo, jetzt und immerdar, keinen Glücklicheren als Martin. Martin, der neue Bremser auf dem Zug da, der zur Hölle fährt.

Madame Mim

T. H. White

Die folgende Episode entstammt dem Roman »Das Schwert im Stein«, T. H. Whites phantastischer Schilderung über die Kindheit des König Artus. Schauplatz ist ein Schloß im legendären England des Mittelalters, wo der junge Artus, genannt Wart, als Pflegekind heranwächst. Er lebt bei Sir Ector, dem Schloßherrn, und Ectors Sohn Kay, zwei Jahre älter als Wart. Erzieher der Jungen ist Merlin, ein mächtiger, aber guter Zauberer, und er weiß als einziger, wer Wart in Wahrheit ist. Das Schloß steht auf einer Lichtung im Wilden Wald – Zuflucht für wilde Tiere (darunter auch Kays entflogener Habicht Cully), Freistatt für Irre und Gesetzlose (einschließlich des nasenlosen Wat) und umwittert vom Bösen.

An einem Donnerstag nachmittag waren die Jungen wie gewöhnlich beim Bogenschießen. Sie hatten zwei strohgeflochtene Zielscheiben, fünfzig Schritt auseinander, und wenn sie ihre Pfeile auf die eine verschossen hatten, brauchten sie nur hinzugehen, die Pfeile herauszuziehen und zur anderen Scheibe hinüberzuschießen. Noch immer war herrlichstes Sommerwetter, und zum Mittagessen hatte es Hühnchen gegeben. Merlin war daraufhin zum Rand des Schießplatzes gegangen und hatte sich unter einen Baum gesetzt. Die Wärme und die Hühnchen und die Sahne, die er sich über den Pudding gegossen hatte, und das dauernde Hin- und Herlaufen der Jungen und das Klacken der Pfeile in den Zielscheiben – beides hörte sich so einlullend an wie das Gesurre eines Rasenmähers – und das Tanzen der ovalen Sonnenkringel im Laub seines Baumes ließen den alten Zauberer bald in tiefen Schlaf sinken.

Bogenschießen war in jenen Tagen eine ernsthafte Beschäftigung. Man hatte es noch nicht den Indianern und kleinen Jungen überlassen, und wer schlecht schoß, kriegte einen Wutanfall, genau wie es heute die reichen Fasanenjäger packt. Kay war ein schlechter Schütze. Er mühte sich zu sehr ab und zerrte zu heftig, statt seinem Bogen zu vertrauen.

»Ach was«, sagte Kay, »ich hab' die Nase voll von diesen widerlichen Zielscheiben. Komm, schießen wir auf den Papageck.«

Sie ließen die Zielscheiben sein und schossen ein paarmal auf den Papageck – einen großen, bunten künstlichen Papageienvogel auf einer Stange –, und Kay schoß wieder daneben. Erst hatte er den Ehrgeiz »Dieses Scheusal werd' ich jetzt treffen, und wenn's so lange geht, daß ich meinen Tee verpasse«. Dann freilich bekam er auch das über.

Wart sagte: »Spielen wir doch Freischießen. In einer halben Stunde können wir wieder herkommen und Merlin wecken.«

Was sie »Freischießen« nannten, bestand darin, daß beide mit ihren Bögen losgingen, sich auf ein zufällig am Wege liegendes Ziel einigten und je einen Pfeil darauf abschossen. Manchmal war es ein Maulwurfshügel, manchmal ein Binsenbüschel, manchmal eine große Distel ganz dicht über dem Boden. Sie visierten diese Dinge aus wechselndem Abstand an, wobei sie sich einmal ein hundertzwanzig Schritt entferntes Ziel suchten – so weit vermochten die Bögen der Jungen gerade noch zu tragen – und dann wieder kurz vor eine nahe Distel zielen mußten, weil der Pfeil beim Verlassen der Sehne immer einen oder zwei Fuß hochschnellt. Es gab fünf Punkte für einen Treffer und einen Punkt, wenn der Pfeil im Umkreis einer Bogenlänge stak, und zum Schluß zählten sie die Punkte zusammen.

An diesem Donnerstag wählten sie sich ihre Ziele mit Bedacht, und überdies war die große Wiese frisch gemäht. Also mußten sie nie lange nach ihren Pfeilen suchen, wie es meistens nötig ist, wenn man etwa den Golfball unbesonnen in unübersichtliches Gelände schlägt. Das hatte zur Folge, daß sie weiter als sonst in die Ferne schweiften und mit einem Mal am Saum des Wilden Waldes waren, wo Cully entflogen war.
»Ich schlage vor«, sagte Kay, »wir gehen zu den Höhlen im Jagdrevier und sehen zu, daß wir ein Kaninchen kriegen. Das macht doch mehr Spaß, als auf diese Erdhaufen zu schießen.«
Gesagt, getan. Sie wählten zwei Bäume, etwa hundert Schritt auseinander, und jeder Junge stellte sich unter einen Baum, und so warteten sie, bis die Karnickel wieder herauskamen. Sie standen ganz still, den Bogen schon erhoben und einen Pfeil aufgelegt, damit sie sich beim Auftauchen der Tiere möglichst wenig zu rühren und sie nicht unnötig zu stören brauchten. Es fiel keinem von beiden schwer, so stillzustehen, denn die erste Prüfung im Bogenschießen, die sie ablegen mußten, war eine halbe Stunde Stehen mit auf Armeslänge vorgehaltenem Bogen. Sie hatten jeder sechs Pfeile, und sie waren darin geübt, alle sechs abzuschießen und sich die Plätze zu merken, mußten also die Kaninchen nicht mit Herumlaufen und Aufsammeln erschrecken. Ein Pfeil macht fast kein Geräusch und scheucht höchstens das eine Kaninchen auf, dem er gegolten hat.
Beim fünften Schuß hatte Kay Glück. Er schätzte Wind und Entfernung genau richtig ein, und seine Pfeilspitze traf ein junges Kaninchen mitten in den Kopf. Es hatte Männchen gemacht, um ihn sich anzusehen, und wunderte sich, was er sein mochte.
»Das war ein guter Schuß!« rief Wart, als sie hinliefen, um es zu holen. Es war das erste Kaninchen, das sie jemals getroffen hatten, und zum Glück hatten sie es sofort totgeschossen.

Nachdem sie es mit dem kleinen Jagdmesser, einem Geschenk von Merlin, zum Frischhalten sorgsam ausgeweidet und am Sprunggelenk einen Hinterlauf durch den anderen gezogen hatten, damit es sich leichter tragen ließ, machten sich die beiden Jungen mit ihrer Beute auf den Heimweg. Doch ehe sie ihre Bögen entspannten, vollzogen sie noch das übliche Zeremoniell. Jeden Donnerstag abend, wenn der letzte sportliche Pfeil abgeschossen war, durften sie die Sehne um eine Kerbe mehr spannen und den Pfeil hoch in die Luft schicken. Es war eine Geste des Abschieds wie auch des Triumphs, und es war herrlich. Nun taten sie es als Salut an ihre erste Jagdbeute.

Wart sah seinen Pfeil in die Höhe steigen. Die Sonne wanderte bereits nach Westen, dem Abend zu, und die Bäume warfen schon lange Schatten. Als nun der Pfeil über die Wipfel hinausschnellte und ins Sonnenlicht aufflog, begann er gegen den Abendhimmel zu glühen wie die Sonne selbst. Immer weiter aufwärts segelte er, nicht rüttelnd wie bei allzu stark gespanntem Bogen, sondern in kühnem Flug, schwebend, aufstrebend zum Himmel, unablenkbar, golden und prächtig. Gerade als seine Kraft erlahmte, gerade als die Vorsehung seine Bahn hemmte und er sich anschickte nachzugeben, zu wenden, zurückzukehren in den Schoß der Mutter Erde, trug sich jählings etwas Unerwartetes zu. Eine Rabenkrähe kam matt vor der nahenden Nacht angeflattert. Sie flog herzu, sie wich nicht aus, sie holte sich den Pfeil aus der Luft. Weiter zog sie, schwerfällig in die Höhe, mit dem Pfeil im Schnabel.

Kay war erschrocken, Wart hingegen empört. Er hatte die Flugbahn seines Pfeiles bewundert, sein leuchtendes Aufstreben im Sonnenlicht, und überdies war es sein bester Pfeil. Es war der einzige, der vollkommen ausgewuchtet, spitz, dicht befiedert, sauber gekerbt und weder verzogen noch zerkratzt war.

»Das war eine Hexe«, sagte Kay.
»Mir egal, und wenn's zehn Hexen waren«, sagte Wart. »Den hole ich mir wieder.«
»Aber er ist in den Wald geflogen.«
»Dann gehe ich eben auch hin.«
»Geh du allein«, sagte Kay. »Ich geh nicht in den Wilden Wald, nur wegen eines dummen Pfeils.«
»Schön, ich gehe allein.«
»Na gut«, sagte Kay. »Wenn du es dir so in den Kopf gesetzt hast, muß ich wohl mitkommen. Aber paß auf, Wat wird uns bestimmt schnappen.«
»Laß ihn doch«, sagte Wart. »Ich will meinen Pfeil wiederhaben.«
An der Stelle, wo sie die Krähe zuletzt gesehen hatten, drangen sie in den Wald ein.
Kaum fünf Minuten später waren sie auf einer Lichtung mit einem Brunnen und einem Häuschen, das dem Merlins sehr ähnelte.
»Du lieber Himmel«, sagte Kay, »ich wußte gar nicht, daß es in unserer Nachbarschaft noch andere Häuser gibt. Weißt du, wir kehren lieber um.«
»Ich möchte mir das Haus einmal anschauen«, sagte Wart. »Wahrscheinlich gehört es einem Zauberer.«
Am Gartentor des Häuschens war ein Messingschild angeschraubt. Darauf stand:

Madame Mim, Dr. e.h.
Pianoforte
Feinste Handarbeiten
Totenbeschwörung

Hausierer, Amtsboten und Kassenprüfer unerwünscht
Warnung vor dem Drachen

Das kleine Haus hatte Spitzengardinen, und die bewegten sich ganz sacht, denn dahinter spähte eine Dame hervor. Die Rabenkrähe stand auf dem Schornstein.
»Komm«, sagte Kay. »So komm doch. Ich sag' dir, die gibt ihn uns nie zurück.«
Da tat sich plötzlich die Tür des Häuschens auf, und die Hexe zeigte sich auf der Diele. Sie war eine blendend schöne Frau von etwa dreißig Jahren und hatte kohlschwarzes, dichtes Haar mit dem Blauschwarz der Elstern darin, strahlende Samtaugen und eine vage, sanfte Miene, als könne sie keiner Fliege etwas zuleide tun. Sie hatte es faustdick hinter den Ohren.
»Wie geht es euch, meine Schätzchen?« sagte Madame Mim. »Und womit kann ich heute aufwarten?«
Die Jungen zogen ihre Lederkappen, und Wart sagte: »Bitte, auf Ihrem Schornstein sitzt eine Krähe, und ich glaube, die hat mir einen Pfeil gestohlen.«
»Richtig«, sagte Madame Mim. »Ich habe den Pfeil drinnen.«
»Könnte ich ihn wiederhaben, bitte?«
»Läßt sich wohl nicht umgehen«, sagte Madame Mim. »Auf der Stelle soll der junge Herr seinen Pfeil bekommen, binnen vier Sekunden und ehe die Fledermaus dreimal quiekt.«
»Vielen Dank«, sagte Wart.
»Tretet näher«, sagte Madame Mim. »Erweist meiner Schwelle die Ehre. Nehmt die bescheidene Gastfreundschaft an, in dem Sinne, wie sie gemeint ist.«
»Wir können uns leider nicht bei Ihnen aufhalten«, sagte Wart höflich. »Ich glaube, wir müssen jetzt wirklich gehen. Wir werden zu Hause erwartet.«
»Wie reizend, erwartet zu werden«, entgegnete Madame Mim warm. »Doch man sollte meinen«, fügte sie hinzu, »die jungen Herren würden sich Zeit nehmen, einer armen Waldbewohnerin die Ehre zu geben, allein um der Höflichkeit willen. Nur

wenige können sich vorstellen, wie hoch wir unbedarfte Angehörige der niederen Stände den Besuch der Söhne unseres Gutsherrn schätzen.«
»Wir würden gern hereinkommen«, sagte Wart. »Sogar sehr gern. Aber wissen Sie, wir sind ohnehin schon zu spät dran.«
Da begann die Dame eine Art albernes, halb kicherndes Weinen von sich zu geben. »Die Kost ist einfach«, sagte sie. »Ohne Zweifel entspricht sie nicht dem, was ihr gemeinhin zu speisen pflegt, und da ist es nur natürlich, daß Hochwohlgeborene sie nur ungern zu sich nehmen.«
Hier gab Kays stark entwickelter Sinn für gute Manieren nach. Er war ganz Aristokrat und ließ sich gern zu unter ihm Stehenden herab, damit sie ihn bewundern konnten. Selbst angesichts der Gefahr, bei einer Hexe zu Gast zu sein, sollte man ihm nicht nachsagen können, er habe ein Mahl bei einem Pächter ausgeschlagen, weil es ihm zu ärmlich war.
»Komm mit, Wart«, sagte er. »Vor dem Abendläuten brauchen wir nicht zu Hause zu sein.«
Madame Mim machte einen tiefen Knicks vor ihnen, als sie über die Schwelle traten. Dann packte sie alle beide beim Schlafittchen, hob sie mit ihren starken Zigeunerarmen flugs vom Boden hoch und schoß mit ihnen zur Hintertür hinaus, kaum daß sie vorn hereingekommen waren. Wart konnte einen Blick in Wohnstube und Küche werfen: die Spitzengardinen, die Grünpflanze, die Lithographie namens »Die Jungfrau trifft ihre Wahl«, der gedruckte Text des Vaterunsers, in Spiegelschrift gesetzt und kopfüber aufgehängt, die Meermuschel, das Nadelbüchschen in Herzform mit der Inschrift »Andenken an Camelot«, die Besenstiele, die großen Tiegel und die Flaschen mit Löwenzahnwein. Dann waren sie schon, wild auskeilend, hinten im Hof.
»Wir meinen, die angehenden Sportsmänner könnten sich für unsere Kaninchen interessieren«, sagte Madame Mim.

Tatsächlich stand da vor ihnen eine Reihe großer Kaninchenställe, aber Kaninchen waren keine drin. In einem Verschlag hockte eine armselige, zerrupfte alte Adlereule, allem Anschein nach arg unglücklich und verwahrlost; in einem anderen war ein kleiner Junge, den sie nicht kannten, ein elender Piepmatz, der nur mit den Augen rollen und wirr lallen konnte, als die Hexe näherkam. In einem dritten Stall war ein schwarzer Hahn in der Mauser. Ein vierter beherbergte einen räudigen Ziegenbock, ebenfalls schwarz, und zwei weitere standen leer.
»Nebelgrauer Nimmersatt«, rief die Hexe.
»Hier bin ich, Mutter«, antwortete die Rabenkrähe.
Unter Flattern und Krächzen setzte sie sich neben die anderen, den stoppligen schwarzen Schnabel schräg aufgereckt. Sie war der Liebling der Hexe.
»Öffne die Türen«, gebot Madame Mim, »und Nimmersatt soll zum Nachtmahl Augen bekommen, rund und blau.«
Die Krähe gehorchte beflissen, mit allen Anzeichen der Befriedigung, und zerrte mit ihrem starken Schnabel die schweren Türen zurück. Dann wurden die beiden Jungen hineingestoßen, einer in jeden Stall, und Madame Mim betrachtete sie mit Vergnügen. An den Türen waren Zauberschlösser, und die Hexe hatte sie durch Flüstern ins Schlüsselloch geöffnet.
»Ein so feines Pärchen junger Edelleute«, sagte die Hexe, »wie sie noch selten gekocht oder gebraten wurden. Gemästet mit allerbestem Fleisch vom Schlachter, wie ich wohl annehmen darf, mit Milch und alledem. Nun, dann werden wir den Großen auf Sonntag schmoren, wenn ich ein wenig Wein für den Tiegel auftreibe, und den Kleinen gibt es dann am Vollmondmorgen, das schwöre ich bei meinem Leckermäulchen, denn je länger meine spitze Gabel sich seiner enthalten muß, desto gieriger lechze ich nach ihm.«
»Laß mich raus«, sagte Kay heiser, »du alte Hexe, sonst hast du Sir Ector auf dem Hals.«

Hier konnte Madame Mim vor Vergnügen nicht mehr an sich halten. »Hört euch den kleinen Racker an«, rief sie, wobei sie mit den Fingern schnalzte und vor den Ställen einen ausgelassenen Tanz vollführte. »Hört es euch an, das allerliebste, tapfere, zarte Kälbchen. Es beut uns die Stirn und dräut uns mit Sir Ector, noch über dem Tiegelrand. Kaum bringe ich's übers Herz, meine Zähne hineinzuschlagen, und doch will ich sie beide abnagen, ehe die Woche um ist, bei Scarmiglione, Belial, Peor, Ciriato Sannuto und Doktor D.«
Darauf machte sie sich im Hof, im Gewürzgärtchen und in der Küche zu schaffen; sie schrubbte Töpfe, pflückte Kräuter für die Füllung, schärfte Messer und Hackbeile, setzte Wasser zum Kochen auf, hüpfte vor Freude, leckte sich die gierigen Lippen, sagte Zaubersprüche, flocht sich das nachtschwarze Haar zu Zöpfen und sang bei der Arbeit.
Erst sang sie das alte Hexenlied:

Schwarz und weiße Geister, rote, graue auch,
Mischt und mengt euch alle, wie es alter Brauch.
Hier ist Fledermäuseblut,
Tu's daran, oh, so wird's gut.
Hier das Gift der Schlange,
Tu's daran, nicht bange.
Mischt und mengt euch alle, wie es alter Brauch.

Dann sang sie ihr Arbeitslied:

Zwei Löffel Sherry,
Drei Unzen Hefe drein,
Ein halbes Pfund vom Einhorn,
Es soll ein Festmahl sein.
Rütteln im Sieb und schütteln,
Klatsch das Ganze zum Klops,

Sachte köcheln, sauber schnippeln,
Hüpf, spring und hops.
Schlinge und Knoten, und zwei zusammenknupfen,
Zwick und zwack, und die Zauberfeder rupfen.
Bei Mittelhitze gut begießen,
Am Hexensabbat woll'n wir uns grüßen.
Lug und Trug!
Drei Kröten in einem Krug.
Hi – hi – hi!
Gib dran vom Frosch das Knie.
Späh durch die Spitzengardine,
Da läuft die kleine Caroline.
Ein herziges Kind, doch sie könnte zuviel wissen!
In brauner Soße ein Leckerbissen.
Eine Prise Salz.

Hier nahm sie eine recht ingrimmige Prise.

Rühr darein das Malz.

Hier begann sie gegen die Uhr im Kreis herumzuwirbeln, was einen unanständigen Anblick bot.

Mit Hui-widibum, und ich scher' mich nicht drum.

Am Ende dieser Litanei ging Madame Mim zum gefühlvollen Teil über und entledigte sich etlicher Choräle gotteslästerlichen Inhalts und eines zärtlichen Liebesliedchens, das sie mit gedämpfter Stimme und Trillern vortrug. Es lautete:

Mein Schatz hat einen roten Pelz,
Bläst Schwefelduft ins Stübchen.
Am allerbesten ihm gefällt's,
Nenn ich ihn Beelzebübchen.

Dann verschwand sie in der Wohnstube, um den Tisch zu decken.
In einer Ecke des Ställchens am Ende der Reihe weinte der arme Kay, das Gesicht an den Boden gepreßt und ganz verkrümmt. Ehe Madame Mim ihn schließlich hineingesperrt hatte, hatte sie ihn überall gezwickt, um zu sehen, ob er schön fett war. Sie hatte ihn auch mit der flachen Hand beklatscht, um zu sehen – wie der Schlachter sagt –, ob er hohl war. Doch vor allen Dingen widerstrebte es ihm gewaltig, am Sonntag zum Abendessen verzehrt zu werden, und er war entsetzlich wütend auf Wart, weil der ihn nur wegen eines Pfeiles in dies schreckliche Unglück gestürzt hatte. Er wußte nicht mehr, daß er selbst darauf bestanden hatte, das verhängnisvolle Haus zu betreten.
Wart kauerte am Boden, weil der Verschlag zum Aufrechtstehen zu niedrig war, und untersuchte sein Gefängnis. Die Stäbe waren aus Eisen, und die Tür war auch eisern. Er rüttelte der Reihe nach an allen Stäben, aber sie waren so fest wie Felsgestein. Es gab einen eisernen Wassernapf – ohne Wasser – und in einer Ecke ein wenig altes Stroh zum Hinlegen. Es wimmelte von Ungeziefer.
»Unsere Herrin«, sagte da plötzlich der räudige alte Ziegenbock aus dem nächsten Stall, »sorgt nicht sehr gut für ihre Haustiere.«
Er sprach mit leiser Stimme, damit ihn niemand hören konnte, aber die Rabenkrähe, die immer noch auf dem Schornstein hocken mußte, um sie zu bespitzeln, bemerkte das Sprechen und kam näher heran.
»Ihr müßt flüstern«, sagte der Bock, »wenn ihr reden wollt.«
»Hältst du es mit ihr?« fragte Wart mißtrauisch.
Das arme Geschöpf war ihm darob nicht gram und versuchte, eine gekränkte Miene zu vermeiden.
»Nein«, sagte er. »Ich halte es nicht mit ihr. Ich bin nur

ein räudiger alter schwarzer Ziegenbock und ziemlich zerzaust, wie ihr seht, und ich werde hier als Opfertier gehalten.«
»Will sie dich auch aufessen?« fragte Wart mit merklichem Zittern.
»Die nicht. Ich schmecke zu ekelhaft für ihre feine Zunge, soviel steht fest. Nein, sie wird mit meinem Blut in der Walpurgisnacht Geheimzeichen malen. – Nun, bis dahin ist es noch lange«, fuhr der Bock ohne Selbstmitleid fort. »Mir selbst macht das kaum etwas aus, weil ich schon alt bin. Aber seht euch die arme alte Eule dort an, die sie nur aus reiner Besitzgier hält und meistens zu füttern vergißt. Das bringt mein Blut ins Wallen, glaubt mir. Die Eule möchte fliegen, ihre Flügel ausbreiten. Bei Nacht trippelt sie immer im Kreis herum, immer im Kreis, wie eine große Ratte, so rastlos ist sie dann. Seht, sie hat sich all ihre Schwungfedern gebrochen. Mir macht das hier nichts aus, denn ich bin der sitzenden Lebensweise von Natur aus zugeneigt, seit meine Jugend entschwunden ist, aber um die Eule ist es jammerschade. Dagegen sollte man etwas tun.«
Wart wußte, daß er wahrscheinlich noch in der Nacht getötet und von der ganzen Gesellschaft als erster erlöst werden würde, aber dennoch war er unwillkürlich gerührt über den Edelmut dieses Ziegenbocks. Selbst zum Tode verurteilt, rang er sich solch starkes Mitgefühl mit der Eule ab. Wart wünschte, er wäre ebenso tapfer.
»Könnt ich nur heraus«, sagte Wart. »Ich weiß einen Zauberer, der würde es ihr besorgen und uns alle retten.«
Darüber sann der Bock eine Weile nach, und dazu wiegte er seinen edlen alten Kopf mit den großen Augen wie gelber Bergkristall. Dann sagte er: »Ich weiß wirklich, wie du hier herauskommen könntest, nur wollte ich nicht eher davon sprechen. Leg dein Ohr an die Stäbe. Ich weiß, wie du herauskommst, aber das gilt nicht für deinen armen Freund dort,

der so sehr weint. Und einer solchen Verlockung wollte ich dich nicht aussetzen. Wenn sie nämlich ins Schlüsselloch flüstert, habe ich hin und wieder gehört, was sie sagt, aber nur bei den Schlössern zu meinen beiden Seiten. Wenn sie zum nächsten Stall weitergeht, ist es zu leise, und ich kann nichts mehr hören. Ich kenne die Worte, die dich und mich befreien und auch den schwarzen Hahn, aber nicht deinen jungen Freund dort drüben.«

»Warum hast du dich nicht schon längst selbst befreit?« fragte Wart, und sein Herz begann hoch zu schlagen.

»Weißt du, ich kann die Worte nicht in der Sprache der Menschen aussprechen«, sagte der Bock traurig, »und dieser arme irrsinnige Bub hier, das Göckelchen, der kann sie auch nicht aussprechen.«

»Ach, sag sie doch mir.«

»Du wärst dann in Sicherheit. Ich und der Hahn auch, wenn du lange genug bliebst, um uns herauszulassen. Aber wärst du auch tapfer genug, hierzubleiben, oder würdest du gleich loslaufen? Und was wird aus deinem Freund und dem Göckelchen und der alten Eule?«

»Ich würde gleich zu Merlin laufen«, sagte Wart. »Ja, sofort, und er würde herkommen und die alte Hexe im Handumdrehen töten, und dann wären wir alle frei.«

Der Ziegenbock sah ihn tiefgründig an, und seine matten alten Augen schienen sich wohlgesinnt in des Jungen Herzensgrund hineinzufragen.

»Ich werde dir nur die Worte für dein eigenes Schloß sagen«, sprach der Bock schließlich. »Das Göckelchen und ich werden hier bei deinem Freund bleiben, als Geiseln zur Gewähr für deine Rückkehr.«

»Oh, Ziegenbock«, flüsterte Wart. »Du hättest mich als erstes die Worte zu deiner Befreiung aussprechen lassen und dann deines Wegs gehen können. Oder du hättest uns alle drei befreien können, sicherheitshalber zuerst dich selbst, und Kay zum Aufgegessenwerden hierlassen können. Aber du bleibst bei Kay. Oh, Ziegenbock, ich werde dich niemals vergessen, und wenn ich nicht rechtzeitig zurückkehre, werde ich das Leben nicht mehr ertragen können.«

»Wir müssen bis zum Einbruch der Dunkelheit warten. Das dauert nur noch wenige Minuten.«

Noch während der Bock sprach, konnten sie Madame Mim in der Wohnstube die Petroleumlampe anzünden sehen. Sie hatte einen rosafarbenen Glasschirm mit Ornamenten. Die Krähe, die im Finstern nichts sah, kam lautlos näher, damit sie wenigstens lauschen konnte.

»Ziegenbock«, sagte Wart, in dessen Herzen beim gefahrvollen Zwielicht etwas Seltsames, Schreckliches vorgegangen war, »komm mit deinem Kopf noch näher heran. Bitte, Ziegenbock, ich maße mir nicht an, besser zu sein als du, aber ich habe einen Plan. Ich glaube, als Geisel sollte lieber ich hierbleiben, und du solltest gehen. Du bist schwarz, und dich wird man bei Nacht nicht sehen. Du hast vier Beine und kannst viel schneller laufen als ich. Du solltest Merlin eine Botschaft überbringen. Ich werde dich freiflüstern und selbst hierbleiben.«

Den letzten Satz brachte er kaum heraus, denn er wußte, daß Madame Mim ihn nun jeden Augenblick holen kommen konnte, und wenn sie Merlin zuvorkam, so wäre das sein sicheres Todesurteil. Aber er sagte es, mit einem Herausschleudern der Worte, als atme er gegen Wasser an, denn er wußte: falls er selbst fort war, wenn Madame Mim ihn holen kam, so würde sie ganz bestimmt sofort Kay verspeisen.

»Meister«, sagte der Bock, sonst nichts mehr, und er streckte ein Bein vor und legte die Stirn mit den beiden Höckern in der Ehrenbezeigung, wie sie königlichen Hoheiten gebührt, auf die Erde. Dann küßte er ihm als Freundschaftsbeweis die Hand.

»Rasch«, sagte Wart, »gib mir einen deiner Hufe durch die Stäbe, dann will ich mit einem meiner Pfeile eine Botschaft einritzen.«
Es war schwierig zu entscheiden, was sich als Botschaft auf so kleinem Raum mit so unhandlichem Werkzeug schreiben ließ. Schließlich schrieb er einfach KAY. Seinen eigenen Namen verwendete er nicht, weil er Kay für wichtiger hielt und glaubte, ihm werde man schneller zu Hilfe kommen.
»Kennst du den Weg?« fragte er.
»Meine Großmutter hat früher im Schloß gewohnt.«
»Wie heißen die Worte?«
»Die meinen«, sagte der Bock, »sind ziemlich erschütternd.«
»Wie heißen sie?«
»Nun«, sagte der Bock, »du mußt sagen: ›Nach gutem Appetit verdaue gut‹.«
»Oh, Ziegenbock«, sagte Wart mit gebrochener Stimme. »Wie grauenhaft. Aber lauf schnell, Bock, und komm heil wieder, Bock, und – oh, Bock, gib mir noch einen Kuß zum Trost, eh du gehst.« Der Bock weigerte sich, ihn zu küssen. Er neigte sich zum kaiserlichen Majestätsgruß, mit beiden Füßen, und dann, sobald Wart die Worte ausgesprochen hatte, sprang er in die Finsternis hinaus.
Obgleich sie beim Flüstern so achtgegeben hatten, daß die Krähe das Gespräch nicht belauschen konnte, hatten die Befreiungsworte doch unseligerweise recht laut gesprochen werden müssen, damit sie ans Schlüsselloch der Nebentür drangen, und die Tür hatte geächzt.
»Mutter, Mutter!« kreischte die Krähe. »Die Kaninchen brechen aus!«
Augenblicklich zeichnete sich Madame Mims Gestalt im erleuchteten Türrahmen der Küche ab.
»Was gibt es, mein Griesegrau?« rief sie. »Was fehlt dir, mein allerliebstes buntes Vögelchen?«

»Die Kaninchen brechen aus«, schrie die Krähe noch einmal. Die Hexe kam herausgelaufen, freilich zu spät, um den Ziegenbock einzufangen oder noch zu erblicken, und sogleich fing sie an, beim Licht ihrer Finger die Schlösser zu überprüfen. Dazu hielt sie die Hand hoch, und ein blaues Flämmchen glomm an jeder Fingerspitze auf.

»Hab' ich ein Jüngelchen«, zählte Madame Mim, »es winselt wie ein Hund. Hab' ich zwei Jüngelchen, sind feist und kugelrund. Ein Ziegenbock entwischt, und wen bekümmert's, bitte? Sind Eul' und Hahn ja hier, und's Göckelchen in der Mitte. – Dennoch«, setzte Madame Mim hinzu, »ist's ein wunderliches Ding, daß er herauskonnte, ein ganz wunderliches Ding.«

»Er hat mit dem kleinen Jungen geflüstert«, petzte die Krähe, »die letzte halbe Stunde haben sie immerzu geflüstert.«

»Tatsächlich?« sagte die Hexe. »Mit meinem kleinen Imbiß geflüstert, hm? Wie wär's mit einer Salbeifüllung, Kleiner, hm? Und du hast es zugelassen, mein Nimmersatt, daß sie's so weit treiben konnten? Kein Nachtmahl für dich, mein kleiner buntgescheckter Paradiesvogel, also darfst du gleich fortfliegen und dir in irgendeinem alten Baum deinen Schlafplatz suchen.«

»O Mutter«, jammerte die Krähe. »Ich habe nur meine Pflicht getan.«

»Flieg fort«, rief Madame Mim. »Flieg fort und brüte meinetwegen deine Eier aus.«

Die arme Krähe ließ den Kopf hängen und kroch mit saurer Miene zum anderen Ende des Dachs.

»So, mein saftiges Häppchen«, sagte die Hexe zu Wart gewandt und öffnete seine Tür mit den passenden Flüsterworten: ›Ein voller Bauch ist's Schönste nach dem Schmaus‹, »unser Kessel brodelt und unser Ofen ist gut vorgeheizt. Wie wird meinem zarten Spanferkel das Schmalzgespritze behagen statt des heimlichen Geflüsters?«

Wart rannte in seinem Stall umher, so gut er konnte, und widersetzte sich der Gefangennahme so heftig wie möglich, um für Merlins Ankunft wenigstens ein bißchen Zeit herauszuschinden.

»Laß mich los, du Biest«, schrie er. »Laß mich los, du widerliche Hexe, oder ich beiß' dich in die Finger.«

»Wie das Tierchen kratzt», sagte Madame Mim. »Himmel, wie es zappelt und strampelt, nur weil es von einer Ungläubigen verspeist werden soll.«

»Wag' es nicht, mich zu töten«, schrie Wart, der nun an einem Bein hing. »Wag' es nicht, Hand an mich zu legen, oder es wird dir bitter leidtun.«

»Das Lämmchen«, sagte Madame Mim. »Das Rebhuhn mit dem feisten Brüstchen, wie es quiekt. Und dann ist es ja ein alter und grausamer Brauch«, fuhr die Hexe fort, während sie ihn ins Lampenlicht der Küche trug, wo ein frisches Linnentuch auf den Boden gebreitet war, »daß man ein armes Hähnchen rupft, solange es noch am Leben ist. So gehen die Federn fein säuberlich heraus. Niemand wäre heutzutage so grausam und täte das, nein, mitnichten, aber so ein Bürschchen spürt freilich keinen Schmerz. Die Kleider gehen besser ab, wenn man sie bei lebendigem Leib auszieht, und wer ließe sich im Traum einfallen, ein Bübchen in den Kleidern zu braten und sich den ganzen Festschmaus zu verderben?«

»Mörderin«, rief Wart. »Das wirst du büßen, noch ehe die Nacht um ist.«

»Wölflein«, sagte die Hexe. »Eine Schande, ihn zu töten, wahrhaftig. Da, wie sich seine Flaumhärchen im Lampenschein sträuben und wie ihm die armen Äuglein aus dem Kopf treten. Es wird Nimmersatt leidtun, daß sie diese Augen nicht bekommt, o ja. Manchmal möchte man beinahe Vegetarier werden, wenn man eine solche Tat begehen muß.«

Die Hexe legte sich Wart über die Knie, seinen Kopf zwischen ihre Schenkel geklemmt, und begann ihn mit geübter Hand sorgfältig zu entkleiden. Er strampelte und zappelte, so gut er konnte, weil er sich sagte, daß jedes Sichwehren den Augenblick, an dem er den Schädel eingeschlagen bekäme, hinausschieben und damit die Zeit, in welcher der schwarze Bock Merlin zu seiner Rettung herholen konnte, verlängern müßte. Unterdessen sang die Hexe ihr Rupfliedchen, das ging so:

Rupf die Federn säuberlich –
Nicht gegen den Strich –
Mit Bedacht.
Die weichen zupfe sacht,
Die starken zieh mit Macht.
Und wenn er strampelt
Und hampelt,
Bübchen fühlt es nicht – wer hätte das gedacht?

Zur Abwechslung sang sie noch das Küchenlied von der glückseligen Köchin:

Knusprig Haut und Beinchen,
Oh, mein feines Schweinchen,
Bindfaden drum herum,
Am Spieß um und um,
So geht's mit meinem allerliebsten Kleinchen.

»Das wird dir noch leidtun«, schrie Wart, »und wenn du tausend Jahre alt wirst.«
»Er hat genug geschwatzt«, sagte Madame Mim. »Es ist Zeit, daß wir ihm eins überziehen.«

An den Beinen ausgespannt,
Und wenn der Kopf sich hebt,
Zugeschlagen mit der flachen Hand,
Dann hat sich's ausgelebt.

Sodann hob die greuliche Hexe Wart hoch in die Luft und machte sich daran, ihr Mütchen an ihm zu kühlen; aber in eben diesem Augenblick war ein Zischen wie von einem Sommerblitz, doch ohne Donner, zu hören, und gerade noch zur rechten Zeit stand Merlin auf der Schwelle.

»Ha!« sagte Merlin. »Nun wollen wir sehen, was ein zwiefacher Ehrendoktor von Dom-Daniel gegen einen Privatschüler von Meister Bleise ausrichtet.«

Madame Mim setzte Wart nieder, ohne ihn eines Blickes zu würdigen, erhob sich von ihrem Stuhl und reckte sich zu ihrer vollen, imposanten Höhe empor. Ihr prächtiges Haar begann zu knistern, und Funken stoben aus ihren blitzenden Augen. Sie und Merlin standen sich volle sechzig Sekunden lang Aug in Auge gegenüber, ohne daß ein einziges Wort fiel, und dann machte Madame Mim einen Hofknicks, und Merlin neigte sich zu einer gemessenen Verbeugung. Er trat zur Seite, um ihr an der Tür den Vortritt zu lassen, und folgte ihr in den Garten.

Ehe wir fortfahren, sollte vielleicht erwähnt werden, daß in jenen längst vergangenen Tagen, als es tatsächlich eine Hochschule für Hexen und Hexenmeister in Dom-Daniel auf dem Meeresgrund gab und als alle Magier entweder schwarz oder weiß waren, ein gerüttelt Maß an Unbehagen zwischen den Vertretern der verschiedenen Überzeugungen herrschte. Streitigkeiten zwischen Weiß und Schwarz wurden in Form ritueller Zweikämpfe ausgetragen. Und so ging es bei einem Magierduell zu: Die beiden Kämpfer pflegten auf einem großen freien Platz einander gegenüberzustehen und das Zeichen zum Beginn zu erwarten. Wurde das Zeichen gegeben, so durften sie sich jede beliebige Gestalt verleihen. Es ähnelte sehr dem Spiel, das man zu zweien mit den Fäusten spielt. Man sagt Eins – Zwei – Drei, und bei Drei streckt man entweder die Finger als Schere aus oder die flache Hand als Papier, oder man beläßt die geballte Faust als Stein. Wenn eine Hand zu Papier wird und die des Gegners zur Schere, dann schneidet diese und gewinnt; doch sollte die erste Hand zum Stein geworden sein, so wird die Schere davon stumpf, und der Stein ist Sieger. Jeder Zauberer war im Zweikampf bestrebt, sich in irgendein Tier, eine Pflanze oder ein Mineral zu verwandeln, das in dieser Gestalt Tier, Pflanze oder Mineral, wie es der Gegner erwählt hatte, zu vernichten vermochte. Manchmal zog sich dies über Stunden hin.

Merlin hatte Archimedes als Sekundant und Madame Mim die Rabenkrähe, während Hekate, die bei solchen Angelegenheiten immer als Ordnungshüterin zugegen sein mußte, in der Rolle des Unparteiischen hoch oben auf einer Trittleiter thronte. Sie war eine kalte, glänzende, athletische Dame von der Farbe des Mondscheins. Merlin und Madame Mim krempelten sich die Ärmel auf und gaben ihre Überkleider bei Hekate in Verwahrung, und letztere setzte sich eine Sonnenblende aus Zelluloid auf, um den Kampf gut verfolgen zu können. Beim ersten Gongschlag verwandelte sich Madame Mim unverzüglich in einen Drachen. Das war die übliche Eröffnung, und Merlin hätte darauf in Form eines Gewitters oder Ähnlichem erwidern sollen. Statt dessen schuf er gleich zu Anfang gewaltige Verwirrung, indem er zur Feldmaus wurde, die im Gras unsichtbar war, und Madame Mims Schweif anknabberte, und diese blickte sich etwa fünf Minuten lang starr nach allen Richtungen um, bis sie ihn endlich erspähte. Doch als sie dann das Geknabber spürte, verwandelte sie sich flugs in eine blindwütige Katze.

Wart stockte der Atem vor Neugier darauf, was nun aus der Maus werden würde – er dachte beispielsweise an einen Tiger, der die Katze töten könnte – , aber Merlin wurde lediglich auch zur Katze. Er stand ihr gegenüber und schnitt Grimassen. Dieses höchst ungewöhnliche Vorgehen brachte Madame Mim

ganz aus dem Konzept, und sie brauchte länger als eine Minute, um sich wieder zu fassen und ein Hund zu werden. Und kaum war sie das, da war Merlin ebenfalls ein Hund gleicher Rasse, Aug in Auge mit ihr.
»Gut gemacht, Sir!« rief Wart, der die Methode allmählich durchschaute.
Madame Mim war wütend. Diese ungewohnte Mauertaktik zog ihr den Boden unter den Füßen weg, und sie mußte innerlich gegen einen Wutausbruch ankämpfen. Verlor sie jetzt die Geduld, so würde sie ihre Vernunft verlieren und damit den Zweikampf. Sie überlegte blitzschnell. Falls Merlin immer dann, wenn sie sich in ein bedrohliches Tier verwandelte, lediglich zu einem Exemplar derselben Gattung wurde, so würde die Sache entweder als Nahkampf oder unentschieden enden. Da sollte sie wohl besser ihre eigene Strategie ändern und Merlin eine Überraschung auftischen.
In diesem Augenblick ertönte der Gong zum Ende des ersten Ganges. Die Kämpfer zogen sich in ihre jeweilige Ecke zurück, und ihre Sekundanten fächelten ihnen mit den Flügeln Kühlung zu, wobei Archimedes Merlin noch eine kleine Massage mittels sanftem Schnabelpicken verabreichte.
»Zweiter Gang –«, befahl Hekate. »Die Sekundanten aus dem Ring … Los!«
Bang! machte der Gong, und mit Todesverachtung stellten sich Hexe und Zauberer gegenüber.
Madame Mim hatte während der Pause ihre Strategie weiterentwickelt. Sie hatte beschlossen, einen neuen Kurs einzuschlagen, indem sie Merlin den Angriff überließ und zunächst selbst in einer Gestalt zur Verteidigung auftrat. Sie verwandelte sich in eine Eiche mit weit ausgebreiteter Krone.
Merlin stand etliche Sekunden lang verdutzt unter der Eiche. Dann wurde er recht unverschämterweise – und, wie sich herausstellen sollte, recht übereilt – eine hübsche kleine Blaumeise,

die aufflog und sich dreist auf Madame Mims Äste setzte. Man konnte die Eiche kurz vor Wut kochen sehen; doch dann erstarrte ihre Empörung zu Eis, und die arme kleine Blaumeise saß nicht länger auf einer Eiche, sondern auf einer Schlange. Der Rachen der Schlange war weit aufgerissen, und der Vogel hockte unmittelbar auf den Kiefern. Als sie zuschnappten, schwirrte der Vogel gerade noch rechtzeitig wie eine Mücke in die freie Luft auf. Madame Mim aber ließ nun nicht mehr locker, und das Tempo des Wettstreits wurde atemberaubend. Je schneller der Angreifer eine Gestalt annahm, um so weniger Zeit verblieb dem in die Enge Getriebenen zum Ersinnen einer Verwandlung, die ihm zum Entkommen verhalf, und der Wechsel ging nun jedesmal in Sekundenschnelle vor sich. Kaum schwirrte die Mücke in der Luft, da hatte die Schlange sich in eine Kröte verwandelt, deren begierige Zunge, vorn am Kiefer statt im Rachen wurzelnd, sich schon zum ausgreifenden Schlag entrollte. Die Mücke geriet über diesen schlimmen Widersacher in helle Aufregung und sah sich jäh in die Rolle des Angreifers gedrängt, und da stand nun der schwergeprüfte Merlin vor der Kröte in Gestalt eines Reihers, der wiederum sie anzugreifen vermochte. Doch Madame Mim war nun in ihrem Element. Das Spiel verlief wieder nach den üblichen Regeln, und im Handumdrehen hatte sich die Kröte in einen Wanderfalken verwandelt, der sich mit zweihundertfünfzig Meilen pro Stunde auf den Rücken des Reihers stürzte. Der arme Merlin, der allmählich die Nerven verlor, verwandelte sich blindlings in einen Elefanten – durch diesen Schachzug sicherte man sich gewöhnlich eine kurze Atempause – , aber Madame Mim wechselte unerbittlich und auf der Stelle vom Falken in einen Aullay über. Ein Aullay ist um so vieles größer als ein Elefant, wie ein Elefant größer als ein Schaf ist. Es war eine Art Pferd mit Elefantenrüssel. Madame Mim erhob diesen Rüssel, stieß einen schrillen Schrei wie einen Lokomotivpfiff aus und warf sich auf ihren keuchenden Gegner. Im Nu war Merlin verschwunden.

»Eins«, sagte Hekate. »Zwei. Drei. Vier. Fünf. Sechs. Sieben. Acht. Neun – «

Doch vor der verhängnisvollen Zehn, die für ihn das Ende bedeutet hätte, erschien Merlin wieder in einem Brennesselgebüsch und wischte sich den Schweiß von der Stirn. Er hatte als Brennessel mittendrin gestanden.

Der Aullay sah nicht ein, weshalb er sich schon wieder verwandeln sollte. Mit einem zweiten durchdringenden Schrei stürzte er sich auf den Mann vor ihm. Wieder verschwand Merlin, gerade als der vernichtende Rüssel niedersauste, und alle standen starr und blickten sich um und fragten sich, wo er diesmal herauskommen würde.

»Eins«, fing Hekate wieder an, aber während sie mit Zählen fortfuhr, kamen seltsame Ereignisse in Gang. Der Aullay hatte plötzlich den Schluckauf, färbte sich über und über rot, schwoll zusehends an, begann heftig zu keuchen, bekam einen Ausschlag, stolperte dreimal, rollte die Augen, stürzte mit Donnergepolter zu Boden. Er stöhnte, keilte mit den Beinen aus und gab den Geist auf. Wart jubelte laut, Archimedes johlte, bis ihm die Tränen kamen, die Rabenkrähe fiel tot um, und Hekate auf ihrer Leiter klatschte so begeistert Beifall, daß sie beinahe abstürzte. Es war ein meisterlicher Streich.

Der geniale Zauberer hatte sich in rascher Folge in die noch nicht entdeckten Erreger von Schluckauf, Scharlach, Mumps, Keuchhusten, Masern und Windpocken verwandelt, und das Zusammenwirken all dieser Unbilden hatte der niederträchtigen Madame Mim schnurstracks den Garaus gemacht.

Blutgeld

M. Timothy O'Keefe

Blutgeld.
So nennen es dann und wann die Spießer. Diese Leute verstehe ich einfach nicht. Als Einnahmequelle ist es so gut wie jede andere, und im übrigen nicht gerade die angenehmste.
Ich bin ein sogenannter BS oder berufsmäßiger Spender: ich verkaufe mein Blut zu Höchstpreisen. Es ist von besonders seltener Zusammensetzung, wie sie unter tausend Menschen nur bei wenigen vorkommt. Manche Leute halten mich für unsozial, weil ich mich dafür bezahlen lasse. Ha!
O ja, einmal habe ich kostenlos gespendet, in einem Notfall. Schöner Schwindel das. Sie holten mich unter irgendeinem hochtönenden Vorwand zum Wohle der Menschheit in die Klinik und zapften mir ohne Entgelt mein Blut ab, und dann verkauften sie es hinter meinem Rücken an ein armes verstümmeltes Unfallopfer.
Die meisten Menschen glauben, wenn sie Blut spenden, geht es wiederum gratis an die Bedürftigen weiter. Irrtum. Falls es sich nicht gerade um einen Freund handelt, der auf ausdrückliche Verfügung das Blut eines Spenders übertragen bekommt, muß dafür bezahlt werden.
Wieso dann noch spenden? Ich finde, jedermann hat Anspruch auf angemessenen Gewinn, aber die Krankenhäuser treiben es ganz übel. Die Blutbanken dagegen sind anständiger. Sie zahlen einem wenigstens etwas, und vom Empfänger verlangen sie nicht mehr. Aber im Krankenhaus berechnen sie die glei-

chen Gebühren, ob sie nun das Blut gespendet bekommen oder kaufen müssen.
Das Problem ist nur, daß die Blutbanken so schlecht zahlen. Konservierung und Lagerung verursachen Kosten, und deshalb vergüten sie nur einen Bruchteil des wirklichen Wertes. Und da man sich nur alle sechs bis acht Wochen Blut abnehmen lassen soll, ist die Methode zum schnellen Reichwerden denkbar ungeeignet. Höchstens ein Taschengeld bringt das ein.
Aus diesem Grunde war ich von der Anzeige in der heutigen Morgenzeitung sehr angetan. Im Rahmen irgendeines Forschungsprojekts sollten sehr hohe Preise an Spender gewisser Bluttypen bezahlt werden, nämlich bis zu hundert Dollar die Woche, wenn man sich vertraglich verpflichtete, dorthin regelmäßig Blut abzuführen.
Da mußte ich mich einfach bewerben. Noch nie zuvor hatte ich ein so hohes Preisangebot für Blut gelesen. In dieses Geschäft wollte ich einsteigen.
Ich ging hin, um mich ein paar vorbereitenden Tests zu unterziehen. Man sagte mir, es sei aussichtsreich, aber ich solle am Abend um neun Uhr wiederkommen, um weiter getestet zu werden und ein Gespräch mit dem Forschungsleiter zu führen. Dieser sei zeitlich sehr beansprucht und könne mich nicht früher empfangen.
Und da bin ich nun, im Wartezimmer der Blutbank, und warte auf den Burschen. Hundert die Woche, praktisch nur fürs Weiterleben – das ist mehr, als ich bei manchen Jobs verdienen könnte.
»Der Doktor hat jetzt Zeit für Sie, Mr. Ashbury.« Endlich. Die Schwester führt mich über einen Flur um viele Ecken und in einen kleinen, gut beleuchteten Raum. Sie läßt mich das Jackett ausziehen und die Hemdärmel aufkrempeln, dann schnallt sie mich am Tisch fest – das ist mir allerdings neu.

»Wozu das Anschnallen?« frage ich.
»Damit Sie nicht davonlaufen«, sagt sie lachend. Geht weg und macht die Tür zu.
Das kann ja heiter werden. Hinter mir höre ich ein Geräusch, und ein dicker, gutgelaunter Kerl macht die Kanüle zum Einstich in meinen Arm bereit. Er sieht so aus, als mache ihm seine Arbeit richtig Spaß. »Sind Sie der Forschungsleiter?« frage ich. »Ich bin nämlich mit ihm persönlich verabredet.«
»Ja, Mr. Ashbury. Ich bin der zuständige Mann. So, stillhalten – na, das hat ja wohl nicht wehgetan?«
Ich muß zugeben, daß er seine Sache gut machte, nicht wie manche Burschen, die x-mal die Vene anzustechen versuchen, als sei sie aus Plastik. Mir wird immer etwas flau im Magen, wenn das Blut durch den Schlauch in den Behälter zu fließen beginnt, aber ich habe herausgefunden, daß es mir gleich wieder viel besser geht, wenn ich ein paar Sekunden lang zusehe und mich vergewissern kann, daß ich nicht verbluten werde. Doch es ist schon irgendwie unheimlich, wenn man all das Leben aus sich herausströmen sieht.
Der Arzt schien ebenso gespannt zuzuschauen. Vielleicht zu gespannt. »Verzeihung, Doktor, aber fühlen Sie sich auch ganz wohl? Ihnen bricht ja der Schweiß aus.«
Er wischt sich ein kleines Rinnsal Speichel vom Mund und lächelt entschuldigend. »Ich habe noch nicht gefrühstückt. Ich habe extra auf Sie gewartet, aber ich bin wohl doch hungriger, als ich dachte. Ich will nur mal eben was zu mir nehmen, bis Sie soweit sind.«
Damit geht er zu dem kleinen Kühlschrank bei seinem Schreibtisch hinüber und nimmt ein Fläschchen mit roter Flüssigkeit heraus und trinkt das Zeug.
Plötzlich wird mir ein wenig unbehaglich. Das war kein Traubensaft, was er da getrunken hat. Ich bin schon lange genug in der Branche und kenne die echte Marke nur zu gut.

»Verflixt«, sage ich. »Ich möchte doch lieber wieder gehen.« Ich fasse nach dem Gurt quer über meiner Brust, aber mit einer Hand kriege ich die Schnalle nicht auf. Er ist wie der Blitz an meiner Seite und zieht meine Hand weg.
»Das war unverzeihlich von mir«, sagt er. »Ich hätte Ihnen einen Cocktail mixen sollen. Wie wär's mit einer Bloody Mary?«
»Mich lenken Sie damit nicht ab!« brülle ich los. »Das war das pure Blut, was Sie getrunken haben. Was sind denn Sie für ein Scheusal?« Ich muß schlucken. Ich glaube, ich weiß jetzt Bescheid. Nur ein einziges Geschöpf, mir vom Hörensagen bekannt, frühstückt auf diese Art zu solch nächtlicher Stunde. »Vielleicht nehme ich einen Drink, ja. Wie wär's mit einem Screwdriver?«
»Ausgezeichnet«, sagt er. »Ich habe Orangensaft, erst heute nachmittag frisch gepreßt.« Er lächelt. »Wir mögen es hier immer frisch und sauber.«
Als er mir meinen Cocktail mixt, stelle ich fest, daß er auch für sich selbst ein wenig Wodka in ein zweites Fläschchen mit roter Flüssigkeit gießt. Wenn er mich hinters Licht führen möchte, dann ist es schon zu spät. *Ich* weiß Bescheid.
»Werden Sie mich töten?« frage ich. »Vielleicht wäre das hygienischer, als mich in den Hals zu beißen, und ausbluten kann ich danach ebenso gut. Und den Überschuß können Sie bis morgen im Kühlschrank frischhalten, wie Sie's mit dem anderen armen Schlucker gemacht haben!«
Zum ersten Mal schaue ich mich gründlich im Raum um. Er ist schalldicht isoliert, so daß niemand mich schreien hören könnte. Fenster gibt es nicht. Ich habe keine Möglichkeit, um Hilfe zu rufen. Dann fällt mir ein, was die Krankenschwester beim Anschnallen sagte. Die stecken alle unter einer Dekke!
Er blickt mich leicht bekümmert an. »Ich merke schon, Sie

begreifen überhaupt nichts. Wieso sollte ich Sie töten wollen? Das würde ja gerade meine Absicht durchkreuzen, mit der ich Sie herbestellt hatte!«
Er holt einen Stuhl herüber, um sich zu mir zu setzen, während wir unsere Drinks zu uns nehmen. Er hebt das Kopfende des Tisches an, damit ich beim Schlucken nicht ersticke. Nach meiner Ansicht eine merkwürdige Art, das Unvermeidliche hinauszuzögern.
»Ich wollte Ihnen nicht absichtlich einen derartigen Schock versetzen. Ich hatte gehofft, es Ihnen schrittweise beizubringen. Nur war ich einfach hungriger, als ich gedacht hatte.«
»Aber dann sind Sie ja ein Vampir! Oder ein Leichenfresser oder sonst was!«
»Ein Vampir, gewiß. Aber verwechseln Sie mich bitte nicht mit dem übrigen ekelhaften Gesindel. Die sind wirklich das Letzte. Schon die Vorstellung, Aas zu fressen! Da wird einem ja übel. Widerliche, barbarische Sitte das!«
Ich denke, ich höre nicht recht. Ist seine Methode etwa edler?
»Ich lasse mich hier nicht von Ihnen einsperren und mästen wie ein fettes Schwein, das dann gemächlich abgeschlachtet wird. Lieber bringe ich mich vorher selber um«, entgegne ich ihm beherzt.
Er schüttelt traurig den Kopf. »Das tut doch einer wie Sie nicht. Ich merke, Sie haben zu viele alte Horrorfilme gesehen. Bram Stoker hat meiner Gattung einen Bärendienst erwiesen, als er diesen schwachsinnigen *Dracula* schrieb. Da wimmelt's nur so von Ungereimtheiten über unsere Bräuche, daß es mich nicht wundert, wenn Sie's mit der Angst bekommen haben. Ich hab' eine solche Wut auf ihn, daß ich ihn im Grab herumdrehen könnte.«
»Ihre Vampirzähne – wo sind Ihre Fangzähne? Schließlich weiß ich, wie ihr eure Opfer erledigt.«
»Du liebe Zeit, noch immer die alte Schauermär. Wir haben

seit Jahrhunderten keine Fangzähne mehr. Ich war früher ein Mensch wie Sie, Mr. Ashbury. Können Sie sich vorstellen, daß Sie ständig eine Garnitur Fangzähne im Mund herumtragen? Sie würden sich ganz schön die Lippen zerschnippeln. Und Sie müßten mit offenem Mund schlafen, was entschieden zu gefährlich wäre. Das Schnarchen könnte nämlich Ihr Versteck verraten, wo Sie sich tagsüber schlafen legen.«
Er geht zu seinem Schreibtisch hinüber, zieht die Schublade auf und holt etwas heraus, das einer Garnitur Fangzähne ähnlich sieht. »Im Verlauf der natürlichen genetischen Weiterentwicklung ist der Bedarf für Fangzähne geschwunden, denn wir haben uns in der Methode, an Blut zu kommen, erheblich spezialisiert. Die hier bewahre ich allerdings für Notfälle auf. Man weiß nie, wann mal eine Durststrecke kommt und man doch irgendwen anknabbern muß«, meint er kichernd.
Er steckt sich die künstlichen Fangzähne auf. »Ich muß zugeben, daß es mir Unbehagen verursacht. Wenn man aus der Übung ist, kann man sich damit schwere Verletzungen beibringen.«
»Aber schlafen müssen Sie tagsüber«, sage ich. »Soviel steht fest. Deshalb konnten Sie mich erst spät abends empfangen. Wenn Sie einer am hellichten Tag aufstöbert, dann zerfallen Sie zu Staub!« sage ich mit heimlichem Triumph.
»Ja, aber ich begreife nicht, warum ihr Menschen so stolz darauf seid, daß ihr die Sonne besser vertragt. Sie trocknet ja auch *eure* Haut ganz scheußlich aus und läßt sie vorzeitig altern. Bei uns wirkt sie nur schneller.«
Mittlerweile haben mich seine Worte regelrecht neugierig gemacht. Ich lasse mich sogar ein wenig ablenken. »Verwandeln Sie sich doch mal in eine Fledermaus. Das möchte ich gern sehen!«
Er schüttelt betrübt den Kopf. »Ich habe das schon so lange nicht mehr geübt, daß ich nicht weiß, ob's noch klappen würde.

Es ist heutzutage zu gefährlich. Zu leicht wird man von einer Fernsehantenne aufgespießt. Im übrigen ist die Luft da oben ganz miserabel. Kein Vergleich mehr mit der guten alten Zeit, als so ein Rundflug ein Heidenspaß war. – Ja, es ist jetzt so schlimm«, fährt er fort, »daß ich mich nicht mal an einen Badestrand wagen kann. Die Leute würden mich für tollwutverdächtig halten und mich abknallen. Das Leben als Vampir ist längst kein Vergnügen mehr wie früher.«
Irgendwie tut er mir ein wenig leid. Das finde ich nun doch nicht ganz gerecht. Schließlich kann er nichts dafür, daß er so ist. »Warum treiben Sie es dann noch immer? Wenn es jetzt so schlimm ist, warum lassen Sie's nicht sein?«
Ehe er antwortete, nahm er noch einen Schluck zu sich. »Darüber habe ich schon manchmal nachgedacht. Aber nun bin ich schon so lange dabei, daß ich mich daran gewöhnt habe. Und machen wir uns doch nichts vor: war man erst mal ein Vampir, was bleibt einem dann noch? Wenn damit endgültig Schluß ist, ist man weg vom Fenster.«
Ich nickte bedächtig. Da war viel Wahres dran. »Wozu brauchen Sie mich nun? Was habe ich bei alledem zu tun?«
Bevor er antwortete, kam er herüber, um nach meiner Kanüle zu sehen. »Noch ein klein wenig, dann reicht's für diesmal«, sagte er beruhigend. »Machen Sie sich keine Sorgen, Mr. Ashbury. Was ich Ihnen vorschlagen möchte, ist ein ganz normales Geschäft. Auch Vampire mußten mit der Zeit gehen. Kein Herumlungern mehr in Parks, keine Überfälle mehr auf junge Frauen. Darüber liest man auch so genug Schlimmes. Im übrigen: wären Sie scharf drauf, alleine durch einen Stadtpark zu spazieren? Man ist ja heute seines Lebens nicht mehr sicher. Ich habe gerade eine Versorgungslücke und brauche einen neuen Mann wie Sie. Mit anderen Worten: ich sollte mein Blut ein wenig auffrischen«, sagt er mit leisem Lachen. »Einer meiner Spender hat unlängst das Zeitliche gesegnet. – Ehren-

wort, damit hatte ich nichts zu tun –, und ich brauche Ersatz.« Er hält jäh inne. »Wissen Sie eigentlich, wieviel Blut ein Vampir als Existenzminimum braucht, Mr. Ashbury?«

Ich sage, das hätte ich mir noch nicht so genau überlegt. »Wir brauchen täglich mindestens einen Liter frisches unverdünntes Blut. Das ist ziemlich viel. Außerdem darf ich aufgrund einer Stoffwechselstörung nur Blut von besonderer Qualität zu mir nehmen. Es ist ähnlich wie bei euch Menschen: manche dürfen keinen Zucker essen, weil das für sie zum Tod führen kann. Dementsprechend darf ich nur ganz bestimmte Blutsorten trinken. Es interessiert Sie vielleicht, daß nur ein halbes Prozent der Bevölkerung Ihren Bluttyp besitzt.«

Endlich geht mir auf, worauf er hinauswill. Er lächelt über meine Erleuchtung. »Jetzt fangen Sie wohl an, mich zu begreifen. Es wäre töricht von mir, einen Menschen völlig leerzusaugen. Das würde ja eine meiner Quellen zum Versiegen bringen. Zuletzt wäre dann niemand mehr übrig, und ich müßte auch sterben. Sie sehen also, daß es mir ebenso sehr am Herzen liegt, Sie am Leben zu erhalten, wie Sie um Ihr eigenes Wohl besorgt sind. Ich brauche Sie unbedingt lebendig, Mr. Ashbury. Und ich brauche Ihre Bereitschaft, mir alle acht Wochen etwas von Ihrem Blut abzugeben.«

Er kommt um den Tisch herum und pflanzt sich vor mir auf. »Was ich da mache, ist einfach. Ich habe eine beträchtliche Anzahl Leute vertraglich verpflichtet, in regelmäßigen Abständen hierherzukommen und mir einen Liter Blut zu geben. Dafür bezahle ich hundert Dollar die Woche, solange gespendet wird. Da ist gar kein Haken dabei. Nur muß ich darauf bestehen, daß Sie mir gegenüber aufrichtig sind. Sollte Ihnen irgendein anderer für die Belieferung mehr bieten, dann kommen Sie zu mir, und ich werde das Entgelt anheben.«

»Sie wollen damit sagen, daß es noch mehr von Ihrer Sorte gibt, die so vorgehen?«

»Freilich, Mr. Ashbury. Diese Blutbank ist nur eine Fassade. Was glauben Sie denn, wer meine Mitgeschöpfe versorgt? Warum hat wohl seit Jahren niemand mehr etwas von Vampiren gehört? Wir sind eben mit der Zeit gegangen.«
Das leuchtet mir ein. Ich sage: »Sie müssen aber irgendein Einkommen haben, damit Sie Ihre Blutkosten decken können. Die sind doch wohl ziemlich hoch.«
»Sind sie auch. Und es gibt nicht gerade viel Auswahl auf dem Arbeitsmarkt für uns ‚Nachtmenschen'. Überall wird für meine Ansprüche viel zu wenig bezahlt. Können Sie sich vorstellen, daß ich einmal Nachtwächter in einem Krankenhaus war? Das mußte ich aufgeben, als sie mich beim Trinken am Arbeitsplatz erwischten. Da war das Angebot so reichlich, daß ich einer Kostprobe nicht widerstehen konnte.« Er seufzte. »Es war wie die Arbeit in einer Schokoladenfabrik. Es war zuviel des Guten da, und ich mußte einfach die Qualität prüfen.«
»Gut, Ihr Überleben ist also einigermaßen gesichert. Aber wie kommen dann Ihre Freunde zu genügend Geld, um Leib und Seele zusammenzuhalten?« Es schauderte mich, als mir klar wurde, was ich da eben gesagt hatte. Vampire haben keine Seele.
Er genehmigte sich noch einen Drink und zögerte kurz, bevor er antwortete. »Ich finde, das kann ich Ihnen bedenkenlos verraten, wenn Sie bei uns mitmachen. Sie wollen doch, oder nicht?«
»Für hundert pro Woche? Und das ist Ihr voller Ernst? Na klar.«
»Also gut. Sie haben wohl schon von Fassadenkletterern gehört, nicht? Nun, meine Freunde gehen in Gestalt von Fledermäusen den umgekehrten Weg. Statt sich von Sims zu Sims hochzuhangeln und in ein Fenster einzusteigen, fliegen sie einfach durch den Schornstein runter und klauen Schmuck. Den

bringen sie mir, und ich verhökere ihn. Es ist wie eine Art Ringtausch. Jeder bekommt am Ende, was er braucht, Sie eingerechnet, Mr. Ashbury.«
»Aber die Leute, denen der Schmuck gestohlen wird? Die sind doch die Lackierten.«
»Die halten sich an ihre Versicherung. Die meisten geben in der Schadensmeldung mehr an, als ihr Plunder wert war. Denen geht nichts ab. Und es belebt das Versicherungsgeschäft, weil alle Angst haben, sie könnten das nächste Opfer sein. So kommen die Versicherungsgesellschaften zu ihren vielen neuen Kunden. Man könnte fast sagen, wir heizen die Branche an.«
Ich schüttle den Kopf. »So wie Sie das erklären, ist das alles für die Volkswirtschaft anscheinend geradezu notwendig.« Ich schaue nach dem Schlauch, durch den mir der Saft aus dem Arm abgezapft wird. »Meinen Sie nicht, es ist jetzt genug?«
»Ja richtig. Ich hatte nicht aufgepaßt.« Er zieht die Kanüle aus meinem Arm und gießt die Flüssigkeit in ein anderes Gefäß um.
»So, Mr. Ashbury, hier ist Ihr Geld. In bar, wie Sie sehen. Ob Sie es dem Finanzamt melden, ist Ihre Sache.«
Das kommt mir gerade recht. »Prost!« fordere ich ihn auf. »Auf eine dauerhafte Partnerschaft«, sage ich und trinke mein Glas leer.
»Auf ein langes Leben, Mr. Ashbury. Für uns beide.«
Mit einem Mal ist mir nicht mehr ganz so wohl. *Mich* hat der da eben getrunken.

Jetzt finden sie dich nie

Doreen Dugdale

Aus seinem Versteck hinter der dichten Hecke musterte Sweeney das Häuschen und die alte Frau, die im Garten werkelte. Das halbverfallene Haus schien mit der wuchernden Pflanzenwelt einen aussichtslosen Kampf zu führen. Kaum verwunderlich, falls die gebückte Alte, die da an Blumen und Sträuchern herumschnippelte, den Garten allein bestellte.

Sweeney war rein zufällig an dieses Anwesen geraten, als er falsch abgebogen und in ein Labyrinth kurvenreicher und immer schmälerer Landstraßen geraten war. Als an dem gestohlenen Kleinwagen unversehens ein Reifen platzte, hatte er ihn von der Fahrbahn herunter in ein Dickicht geschoben, seinen Koffer genommen und sich mit saftigen Flüchen über sein Mißgeschick zu Fuß aufgemacht.

Unter seinen leichten Stadtschuhen war die Straße so knubblig wie ein Schlagring gewesen, und er hatte keinerlei menschliche Behausung erspäht, bis er schließlich auf das Häuschen gestoßen war.

Die alte Frau mit ihrem Korb voll Blüten und Zweigen humpelte wieder ins Haus, und das einzige Anzeichen von Leben war nur noch eine große schwarze Katze, die sich auf der Vortreppe sonnte.

Sweeney kam auf seinen schmerzenden Füßen angeschlurft und erwog das Für und Wider. Eine sichere Ahnung sagte ihm, daß die Frau allein lebte – er konnte Einsamkeit und Wehrlosigkeit so flink riechen, wie ihm der Duft einer geschäl-

ten Orange zuflog –, und er mußte sich eine Zeitlang irgendwo verstecken.
Vorsichtig ging Sweeney an der Hecke entlang hinters Haus. Dort war noch einmal ein verwahrlostes Stück Garten mit einer angepflockten Ziege und ein paar Hennen, die in einem drahtumzäunten Gehege scharrten. Versorgte sich also selbst, die Alte – und Sweeney fand, das ging wohl nicht anders, wenn man in solcher Einöde hauste. Er faßte einen Entschluß; das Häuschen war zwar nicht allzu komfortabel, wie es schien, aber es bot Sicherheit.
Sein Betrug an den Komplizen war wohl unterdessen aufgeflogen, und die Bande würde jetzt nach ihm fahnden. Hier würden sie ihn niemals finden, soviel stand fest. Er würde so lange zuwarten, bis sie annehmen mußten, er sei ihnen durch die Lappen gegangen und gar nicht mehr im Land, und dann würde er den Weg zur Küste einschlagen, wo der Fischer, der Vickie über den Kanal geschippert hatte, ihn als zweiten Passagier erwartete.
Sweeney kam ein wenig ins Schwitzen, als er an Vickie dachte – blond und bildhübsch wartete sie darauf, daß er mit der Beute aus dem Raubüberfall wieder zu ihr kam. Nicht nur mit seinem Anteil, sondern mit dem ganzen Geld. Sie war das Risiko wert, aber sein Kopf war ihm dafür zu schade, daß er nun aus purer Ungeduld alles vermasselte.
Er nahm seinen Koffer auf und ging wieder vors Haus. Als ihn die Katze den Pfad entlangkommen sah, räkelte sie sich lässig und schlüpfte vor ihm ins Haus.
Sweeney stand im Türrahmen, so daß sein massiger Körper kaum noch Licht einfallen ließ, und starrte abschätzend ringsum. Der Raum war mit Plunder überladen, aber verhältnismäßig sauber, und ein angenehmer Gartenduft entströmte den Büscheln aus Minze, Thymian und anderen Gewürzkräutern, die zum Trocknen vom Kaminsims hingen.

Die alte Frau war zu tierhafter Unbeweglichkeit erstarrt, die Hände reglos zwischen den auf den Tisch gebreiteten Blüten. Sie war noch älter, als er angenommen hatte, nichts als Haut und Knochen. Nur ihre glänzenden affenbraunen Augen zeugten von Leben.

»Guten Abend«, sagte Sweeney auf die forsche Tour. »Kann ich hier mal telefonieren?«

»Hier gibt es kein Telefon.« Die Stimme war ein eingerostetes Krächzen.

»Na, dann könnte mir vielleicht Ihr Mann oder Ihr Sohn zur Hand gehen und den Wagen wieder flottmachen?«

Sie schüttelte den Kopf. »Hier gibt es niemand außer mir.«

Sweeney griff hinter sich und schloß die Haustür.

Die Hand der Frau flatterte an ihre Kehle. »Was wollen Sie?«

»Nur Kost und Logis für 'ne Weile.« Sweeney sah zu einem alten Sofa hin und nickte. »Das tut's für mich, wenn Sie kein Gästebett haben.«

Die alten Augen musterten Sweeneys Gesicht und nahmen die Brutalität darin wahr und die ausdruckslose Kälte der vorstehenden Augen mit den schweren Lidern.

»Hierher kommen keine Gäste . . . nur Leute, die sich verstekken müssen.«

»Genau darum geht's, Großmama.« Er ging in der Stube auf und ab, er zog Schubladen auf und öffnete Schranktüren. Da war nur der angehäufte Krimskrams einer verschrobenen alten Bauersfrau. Nichts ließ ihn im Zweifel darüber, daß sie allein lebte.

»Werden Sie von der Polizei gesucht?«

Sweeney grinste. »Das auch – aber im Augenblick machen mir eher meine Freunde Kummer. Wenn die mich erwischen, nach dem, was ich angestellt habe . . .« Sein Grinsen verschwand, und er packte die alte Frau hart an den Schultern, so daß sie zusammenzuckte. »Kriegen Sie hier manchmal Besuch? Sagen Sie's geraderaus – sonst wird es Ihnen leid tun.« Sie verblüffte ihn mit gackerndem Gelächter. »Besuch? Wer sollte mich besuchen kommen? Hier gibt es meilenweit keine Menschenseele.«

»So hatte ich es mir vorgestellt. Wieso leben Sie eigentlich ganz allein hier?«

»Ich bin hier geboren.« Mit einem Mal schien sie Sweeneys Gegenwart als unvermeidlich hinzunehmen. »Früher gab es noch andere Häuser hier in der Gegend. Aber die Zeiten ändern sich. Jetzt bin nur noch ich übrig. Ich und Blackie.« Die Katze, die still zu ihren Füßen gesessen hatte, sah auf und nahm den eigenen Namen mit sanftem Miauen zur Kenntnis.

Sweeney setzte sich in einen der beiden Sessel am Kamin, den Koffer voller Geld achtsam in Reichweite.

Nur um der Alten gleich von vornherein Bescheid zu stoßen, zog er seinen Revolver aus der Tasche und untersuchte ihn beiläufig. Furcht glomm in den Augen der Frau auf, und Sweeney steckte lässig die Waffe wieder weg, als sei sie ein Feuerzeug.

»Ich brauche Essen und Platz zum Übernachten. Ihnen geschieht gar nichts, solange Sie tun, was ich sage – aber legen Sie mich nicht rein, verstanden?«

Sie nickte und machte sich wieder ans Sortieren ihrer Blüten und Blätter. Ihre knorrigen Hände zitterten, aber sie war offenbar nicht der Typ, der die Nerven verliert. Das kam Sweeney zupaß. Auf ein Handgemenge mit ihr wollte er sich nicht einlassen müssen – sie war zu gebrechlich, um das zu überstehen, und zu allem anderen hin konnte er sich nicht auch noch eine solche Komplikation leisten.

Die Zeit – so erkannte Sweeney zwei Stunden später – würde hier für ihn zum Hauptproblem werden. Sie würde sich so zäh hindehnen, daß er vor Langeweile die Wände hochgehen

würde. Nicht einmal ein Radio hatte die alte Frau, geschweige denn einen Fernseher.
Sweeney schob seinen Teller zur Seite und stocherte trübsinnig in seinen Zähnen herum. Das Essen hatte ihm überraschend gut geschmeckt – ein Omelett aus frisch gelegten Eiern, mit duftenden Kräutern gewürzt, und dazu selbstgebackenes Brot und Käse. Ihm war klargeworden, daß seine unfreiwillige Gastgeberin wohl zu diesen Spinnern mit ihrer neuen Naturverbundenheit gehörte – aber naturverbunden war er nicht ungern, wenn sich's dabei so schmackhaft essen ließ.
Nur – womit sollte er sich die Zeit vertreiben? Er sah sich in dieser Hütte eingesperrt, womöglich auf Wochen hinaus, und nicht mal einen harten Drink, um das öde Einerlei aufzulockern – und da plötzlich war er gar nicht mehr so angetan von seinem Unterschlupf.
Er ging in die kleine Küche hinaus, wo die alte Frau, die gesagt hatte, sie selbst werde später essen, am Herd stand und einen Topf am Sieden hielt. Sweeney war es ein Rätsel, wie sie auf einem so uralten Ding so gut kochen konnte. Flämmchen tanzten und zischten von der rostigen Eisenplatte auf und erhellten den Raum mit glutrotem Schein.
»Zum Teufel –«
Sweeneys Stimme war voller Haß. »Sie haben wohl nicht mal 'nen Schnaps hier in diesem gottverlassenen Kabuff?«
Die alte Frau warf ihm einen stummen Blick zu, dann schlurfte sie zu einem Schrank hinüber und öffnete ihn.
Sweeney erspähte sofort die Flaschen mit hausgemachten Weinen, stieß die Alte beiseite und fing an zu stöbern. Rote Beete, Löwenzahn, Holunder und – das war schon eher nach seinem Geschmack – eine Flasche mit dem Etikett »Schlehenbranntwein«.
»Holen Sie mir ein Glas«, befahl Sweeney und nahm die Flasche mit zu seinem großen Sessel am Kaminfeuer.

»Das ist was Kräftiges, Großmama!« Sweeney nickte befriedigt. Der Branntwein war samtig-süffig, aber scharf wie Dynamit.
Zum ersten Mal seit seiner Ankunft lächelte die alte Frau. »In der guten alten Zeit«, brüstete sie sich, »kamen die Leute von weit her und holten sich meinen Schlehenbranntwein – und andere Sachen, die ich damals machte.«
»Kann ich mir denken.« Sweeney schenkte sich nach. Schon wieder ertappte er sich bei der Vorstellung, wie affengleich die Augen der Alten waren – blank und von einer gewissen listigen Schalkhaftigkeit, die in den braunen Tiefen lauerte. Er hätte sie mit bloßen Händen entzweibrechen können, sagte er sich, aber hier war Vorsicht geraten. Er legte seine Waffe griffbereit auf den Tisch.
»Betrunken oder nüchtern, ich kann Sie mit 'ner Kugel erledigen«, sagte er. »Also kommen Sie nicht auf dumme Gedanken.«
»Eine alte Frau wie ich?« Sie blickte ihn kurz an, dann ging sie wieder in die Küche hinaus.
Sweeney lächelte und schenkte sich nach. Nachts war das kleine Haus doch ganz gemütlich im Feuerschein, der auf dem Kupferkessel und den Messinggerätschaften flackerte.
»Hab' ich's doch richtig gemacht«, sagte Sweeney zu der Katze, die sich auf dem Sessel gegenüber zusammengerollt hatte.
»Was kochen Sie denn da, Ma?« Sweeney konnte die alte Frau sehen, wie sie ungeachtet der um ihren Kopf wehenden Dampfschwaden über den Kochtopf gebeugt stand.
»Ach, bloß 'ne Prise von dem und 'nen Schnipsel von jenem.« Die eingerostete alte Stimme schien aus weiter Ferne zu kommen.
»Riecht gut«, sagte Sweeney, und es erheiterte ihn, wie er auf einmal merkliche Schwierigkeiten beim Sprechen hatte. Sein Glas war leer, also füllte er es von neuem und trank

eine Zeitlang stumm weiter. Mittlerweile fühlte er sich ziemlich schlaff, obwohl Alkohol sonst nicht so auf ihn wirkte.
Er schaute zu, wie die Katze sich entrollte und in einem langen wohligen Räkeln einen Buckel machte. Sie begann zu schnurren, und dann, die Smaragdaugen starr auf Sweeney gerichtet, schlug sie die Krallen ins Sesselkissen, wobei sie eine Pfote nach der anderen in einem sachten, trippelnden Katzentanz aufsetzte.
Sweeney schüttelte den Kopf, damit er wieder klar kam. Die alte Frau in der Küche sang mit brüchiger, schriller Stimme.
»Ruhe da«, sagte Sweeney. Aber die Alte ließ sich nicht stören. Sie rührte einfach weiter in ihrem Kochtopf und leierte ihre Litanei herunter – richtiges Singen war das nicht –, und trotz seiner benebelten Sinne erkannte Sweeney in eiskalter Klarheit, daß ihm die Worte gar nicht behagten.
Das Schnurren der Katze wurde lauter, eine grollende Begleitung zum Geleier der Frau.
Sweeney versuchte aufzustehen, entdeckte jedoch, daß er es nicht konnte. Er fühlte sich so . . . eigenartig. In seinem Innern ging ein wunderlicher Aufruhr vor sich – Molekül und Zelle ordneten sich neu wie im Kaleidoskop.
Die alte Frau kam aus der Küche herein, die Katze hörte auf zu schnurren, und beide schauten sie auf den kleinen grünen Frosch mit den vorstehenden Augen wie bei Sweeney, der nun auf Sweeneys Sessel hockte.
»Komm her, Kleiner«, sagte die alte Frau. Sie trug den Frosch zur Haustür und setzte ihn auf die Schwelle. Er regte sich nicht und blickte aus den vorquellenden Augen trübselig auf, und erst als sie ihm ihren Fuß unters Hinterteil schob und ihn auf den Gartenweg schleuderte, hüpfte er weg.
»Das wär's, mein Liebling, ab mit dir«, sagte die alte Frau. »Und falls es dir ein Trost sein sollte – jetzt finden sie dich nie.«

Der Apfelbaum der Witwe Flynn

Lord Dunsany

Dies sind zwei Geschichten, obwohl sie vom selben Ereignis berichten. Die erste ist Wachtmeister Ryans Aussage unter Eid vor dem Richter, der die Sache des jungen Micky Maguire, eines sechzehnjährigen Burschen, verhandelte, nämlich Apfeldiebstahl bei der Witwe Flynn und Sachschaden an deren Apfelbaum in Höhe von einem Schilling und drei Pence. Und die zweite ist Micky Maguires Geschichte. Ich werde zunächst Wachtmeister Ryans Aussage wiedergeben, und ich mache den Leser nachdrücklich darauf aufmerksam, daß sie unter Eid zu Protokoll gegeben wurde. Ryan sagte:
»Aufgrund eines Hinweises begab ich mich am Abend des zweiten November um neun Uhr in den Garten der Witwe Flynn und sah den Angeklagten, den ich später als Micky Maguire identifizierte, bewußtlos unter ihrem Apfelbaum liegen, in der Hand einen abgebrochenen Zweig mit acht Äpfeln, dessen gewaltsame Entfernung nach meiner Schätzung einen Baumschaden in Höhe von einem Schilling und drei Pence verursacht hatte. Anschließend rief ich ihn vermittels einer Kaltwasseranwendung ins Leben zurück. Dem Anschein nach hatte er einen Schädelbruch erlitten. Die Witwe Flynn erstattete keine Anzeige gegen ihn und beantwortete keine meiner Fragen; sie war sichtlich über den Gesundheitszustand des Angeklagten tief bekümmert. Der Zweig mit den acht Äpfeln daran befand sich jedoch in seiner Hand, als ich ihn dort antraf, und die Äpfel waren nicht sein Eigentum.«

Darauf fragte der Richter Micky Maguire, ob er etwas zu seiner Verteidigung vorzubringen habe oder ob er an Wachtmeister Ryan Fragen zu stellen wünsche. Micky Maguire wünschte keine Fragen an den Wachtmeister zu stellen, äußerte sich hingegen mit einiger Ausführlichkeit zu seiner Verteidigung, und das ist die zweite Geschichte.
»Ich ging nicht in den Garten der Witwe Flynn, um ihre Äpfel zu stehlen. Überhaupt ging ich erst in ihren Garten, als sie mit mir zusammen hinging. Ich ging an ihre Tür und klopfte an und fragte, ob ich hereinkommen darf. Ich ging nur deshalb bei Dunkelheit hin, weil ich den ganzen Tag arbeite und dann nicht hingehen kann, und als ich mit der Arbeit fertig war, gab es Abendessen, und dann ging ich los, um die Witwe Flynn in ihrem Haus am Moor zu besuchen. Es liegt ein Stück weit vor der Stadt, wie Euer Ehren wissen, und ehe ich hinkam, wurde es Nacht.
Ich wollte sie besuchen, weil ich schon immer alte Geschichten über Irland gelesen hatte, und ich hatte gelesen, wie Menschen, die so etwas können, immer Prinzen in wilde Schwäne verwandeln, und ich wollte wissen, ob es heutzutage noch jemand gibt, der das kann, oder ob all die alten Geschichten nicht mehr wahr sind und das Irland, von dem sie erzählen, untergegangen ist. Und bei all dem Gerede über die Witwe Flynn dachte ich mir, wenn noch irgendwer das kann, dann muß sie es sein. Und als sie mich dann fragte, was ich will, da fragte ich, ob es jemand gibt, der heutzutage Prinzen in Schwäne verwandeln kann. Ich meinte gar nicht sie selber, ich fragte bloß, ob es noch jemand gibt, der das kann. Und sie sagte, mag sein, aber nicht daß ich wüßte.
Sie hätte aber auch gewisse Kräfte, sagte sie, und ich sagte zu ihr: ›Klar, das weiß ich doch, Mrs. Flynn.‹ Aber sie sagte, es wären andere Zeiten als früher, und sie könnte keine Prinzen in wilde Schwäne verwandeln, aber vielleicht könnte sie einen

gewöhnlichen Jungen in eine Gans verwandeln. Und ich sagte: ›Das würde mir vollauf genügen, Mrs. Flynn, dann wüßte ich doch, die alten Zeiten sind nicht ganz vorbei, wenn Sie das können, und das alte Irland auch nicht.‹ Und da sagte sie ein paar Zaubersprüche her, und ich würde sie auch hier nennen, ich sage nämlich Euer Ehren die reine Wahrheit, aber das hat sie mir bei einem ganz fürchterlichen Schwur verboten, und Sie dürfen mich nicht dazu zwingen, den zu brechen.«
»Nein, nein, nein«, sagte der Richter. »Erzähl uns einfach mit deinen eigenen Worten, was danach passiert ist.«
»Also«, sagte Micky Maguire, »als sie von mir den Schwur verlangte, da habe ich ihr auch einen Schwur abgenommen, und zwar, daß sie mich auf der Stelle wieder in einen Mann verwandelt, sobald ich zu ihr komme, und sie hat geschworen, das tut sie, sobald ich komme. ›Aber vielleicht ist es gar nicht so einfach, wieder herzukommen, Mrs. Flynn‹, sagte ich zu ihr, ›wo doch alle jungen Kerle hier in der Gegend ein Gewehr haben. Und wenn nun einer von denen unten beim Moor ist, auf der Gänsejagd? Wenn ich da vor Ihrer Tür lande, erwischt er mich bestimmt.‹
›Du brauchst den Boden gar nicht erst zu berühren‹, sagte sie. ›Komm nur bis auf dreißig Meter herunter in meine Nähe, dann kann ich dich entzaubern, und du bist wieder ein Mensch.‹
Und das habe ich sie schwören lassen. Und dann legte sie los mit ihren Zaubersprüchen, und ob Euer Ehren es mir glauben oder nicht, schon war ich ein graues Federvieh. Erst hatte ich ja Angst und hätte sie fast drum gebeten, sie soll sofort wieder einen Menschen aus mir machen. Aber bald war mir klar, daß ich ja nicht dazu hergekommen war, und da breitete ich einfach meine Flügel aus und fand das Fliegen so leicht wie das Gehen. Oh, sogar noch leichter. Ich war in den Apfelbaum der alten Dame hochgeklettert, ehe sie mich

verzauberte, damit ich besser wegkomme, und die Witwe Flynn hatte mir das selber geraten, und dann segelte ich aus dem Apfelbaum übers Moor davon. Ja, ich segelte übers Moor davon. Ich war wirklich eine Graugans. Und es ist einfach herrlich, Euer Ehren, wenn man den Wind in den Flügeln spürt und weiß, man hat dort hoch in der Luft seine Straße. Aber weit bin ich nicht geflogen, weil ich nicht wußte, wohin ich sollte, und da dachte ich, ich frage lieber.«
»Wen hast du gefragt?« sagte der Richter. »Kannst du ihn herbringen, damit er bestätigt, was du da erzählst?«
»Na, die Gänse hab' ich gefragt«, sagte Micky. »Sie waren unten auf dem Moor. Wen hätte ich sonst fragen sollen?«
»Schon gut«, sagte der Richter. »Sprich weiter.«
»Sie waren unten auf dem Moor beim Futtersuchen. Und ich selber hatte inzwischen auch Hunger. Fast die ganze Zeit, wo ich mit ihnen zusammen war, hatte ich Hunger, denn sie essen nicht zwei- oder dreimal am Tag, so wie wir, und sind dann satt, sondern sie futtern immerzu, wenn sie gerade nichts anderes zu tun haben, und ich war jetzt eine Gans und lebte wie die anderen, und da hatte ich dauernd Hunger.«
»Und was hast du gegessen?« fragte der Richter.
»Oh, nichts Besonderes, Euer Ehren würden da gar nicht hinsehen«, sagte Micky.
»Es geht mir nicht darum, ob ich hinsehen würde oder nicht«, sagte der Richter. »Ich muß nur Beweise haben, damit ich deine Aussage überprüfen kann, und deshalb will ich jetzt von dir wissen, was du gegessen hast.«
»Na, solches Zeug eben, es heißt *briskauns*«, sagte Micky Maguire, »eine Knolle, die unten beim Moor wächst. Man gräbt sie mit dem Schnabel aus, und Euer Ehren können sich gar nicht vorstellen, wie gut die schmeckt.«
»Wie schmeckt sie denn, diese Knolle?« fragte der Richter.
»Wie Starkbier mit Austern«, sagte Micky. »Also die Gänse

waren ganz verrückt danach, und weil ich nun auch eine Gans war, war ich genau so versessen darauf.«
»Und dann?« fragte der Richter.
»Dann fragte ich sie, wie man in den Norden kommt«, sagte Micky, »weil ich wußte, daß sie um diese Zeit fortziehen, und ich wollte die Welt sehen. Und sie sagten mir, wenn es Zeit ist, dorthin zu fliegen, dann kommt über dem Moor ein Wind auf, und mit ihm steigt man in den klaren Himmel hinauf. Das ist zwar noch nicht der Wind, der einen in den Norden bringt, aber wenn man oben ist, wartet da schon der richtige Wind. Das sagten sie, und als die Zeit dann kam, da merkte ich, so war's tatsächlich. Aber jetzt war es noch nicht Zeit, denn es war Anfang November, und sie waren eben erst in den Süden gekommen. Na, aber ich will Euer Ehren nun nicht erzählen, was Euer Ehren über die Gewohnheiten der Gänse von Drumahooley schon wissen.«
»Hör mal«, sagte der Richter. »Je mehr du mir erzählst, was ich schon weiß, um so besser für dich. Wenn sich nämlich irgendwas davon für mich irgendwie bekannt anhört, dann lasse ich mich vielleicht überzeugen, daß etwas Wahres daran ist. Versuch einfach, ganz sachlich zu berichten, wie es Wachtmeister Ryan getan hat.«
»Jawohl, Sir«, sagte Micky. »Am Tag grasten wir die Felder rings ums Moor von Drumahooley ab, und immerzu war ein Späher draußen und hielt Ausschau nach Räubern und Mördern. Ich meine – Anwesende ausgenommen, Euer Ehren – Füchse und Menschen. Und immer, wenn es dunkel wurde, flogen wir übers Moor hin, bis weit über die große Weide hinaus, die Euer Ehren kennen, am Westrand, weil die das beste Versteck für einen Kerl mit 'ner Flinte ist und weil da jeder hingehen würde. Also hielten wir uns da immer außer Schußweite. Ich habe ihnen das aber nicht erzählt, sie wußten alles schon selber. Ich hätte ihnen nichts erzählen können,

egal was, das sie nicht schon wußten. Und mir erzählten sie vieles, das ich noch nie gehört hatte und das Euer Ehren nicht glauben würden, also würde es mir nichts zu meiner Verteidigung einbringen.
Es war eine Gänsedame dabei, die mir vieles erzählt hat. Noch ehe wir reisten, erzählte sie mir vom Flug nach Norden, und das hörte sich so wunderbar an, daß ich ihr auch etwas Wunderbares erzählen wollte, und da erzählte ich ihr, ich wäre ein verzauberter Mensch, aber sie sagte, das wäre noch gar nichts, weil sie nämlich eine Prinzessin war, deren Vater vor neunhundert Jahren in Irland regiert hatte, und sie war von einer Hexe auf tausend Jahre verzaubert worden.
Ich redete alles mögliche, was Euer Ehren dämlich vorkommen würde, und sie erzählte mir vieles aus der Geschichte, über Irland in der alten Zeit. Und wenn ich Euer Ehren alles sagen sollte, was sie mir davon erzählte, dann würde das den ganzen Tag dauern, und zu meiner Verteidigung gehört es auch nicht. Also sie erzählte mir Dinge, die sie aus der alten Weisheit der Gänse wußte. Die wissen nämlich mehr von der Erde, auf der wir gehen, und dem Himmel über uns, als ich je geahnt hätte, nur fällt es mir schwer, das mit meinen eigenen Worten zu sagen. Es war einfach das Gespür, das sie für alles auf der Erde und in der Luft hatten, und das Wissen, was sie gemeinsam tun wollten; wann der Schnee fällt und wann der junge Hafer sprießt, und all die Dinge, die sich zutragen und auf die wir kaum achtgeben, oder die sie anders sehen als wir.
Na, und dann kam der Winter, und das Moor war eine Woche lang zugefroren, wie sich Euer Ehren vielleicht erinnern. Und wir zogen weiter, zu den Flüssen, als wir wußten, nun kommt der Frost. Und ich darf Euer Ehren nicht sagen, zu welchen Flüssen wir flogen, weil das ein Gänsegeheimnis ist, aber hier sind viele Leute, die mir recht geben können, wenn ich sage,

wir sind fortgeflogen und nach dieser Woche wiedergekommen. Und dann, als der Winter allmählich zu Ende ging, gab es auf einmal ein großes Gerede über den Norden. Alle redeten sie davon, und jedesmal, wenn auf dem Moor ein Wind aufkam, meinte eine von ihnen, ob das nicht vielleicht der Wind wäre, der uns mit hinaufnehmen sollte. Aber es war noch nicht so weit, weil der junge grüne Hafer noch nicht herausgekommen war, und bei den Gänsen ist es so Sitte, daß sie immer erst dann nach Norden ziehen, wenn sie sich einmal am grünen Hafer sattgefressen haben.

Und dann kam der grüne Hafer heraus, und wir hielten ein großes Festmahl ab, als er ungefähr zwei Zoll hoch stand, auf dem Feld westlich vom Moor, das Patrick O'Donahue gehört, wirklich ein Festmahl. Und am Tag darauf kam der Wind. Er stieg plötzlich auf, als wir draußen auf dem Moor waren, und der Anführer hob nur den Kopf, und mit einem Mal waren wir alle in der Luft. Es war in der letzten Zeit zu warm geworden, und auf den Feldern war alles ganz schlaff, und der Norden rief uns. Da flogen wir mit dem Wind, steil in die Höhe, und fort ging's.«

»Wann war denn das alles?« fragte der Richter.

»Das ist es ja eben«, sagte Micky. »Sie haben nicht die gleiche Zeitrechnung wie wir, also kann ich das Euer Ehren nicht sagen.«

»Aber ist das alles an dem Tag passiert, als Wachtmeister Ryan dich nach seinem Protokoll in Mrs. Flynns Garten gefunden hat?«

»Das weiß ich eben nicht«, sagte Micky. »Es war einfach eine ganz andere Zeit.«

»Vor diesem Gericht«, sagte der Richter, »mußt du nach der richtigen Zeit gehen. Dabei fällt mir ein – warum geht denn die Uhr da nicht? Finnegan, lassen Sie das in Ordnung bringen. So, Maguire, nun fahr fort.«

Und Maguire fuhr fort. »Wir stiegen mit diesem Wind auf und gerieten in dicke Wolken, wo wir uns eine Zeitlang gegenseitig kaum sehen konnten, sondern nur unsere Stimmen hörten. Aber bald kamen wir zu einer Lichtung in den Wolken, die der Wind gemacht hatte, der uns trug, und darin stiegen wir hoch und kamen ganz oben heraus, und alle die Wolken leuchteten unter uns. Na, und da sah ich, was mir vorher nie eingefallen war, daß eine Gans dem Himmel näherkommt als jemals ein Mensch. Ich meine, bevor seine unsterbliche Seele ihn für immer verläßt. Und man kann sich nicht vorstellen, daß der Himmel noch viel höher sein könnte oder noch viel schöner. Wenn er aus massivem Gold gemacht ist, dann ist das noch mehr als diese Wolken, aber es müßte schon pures Gold sein.«
»Religion oder Politik lasse ich vor diesem Gericht grundsätzlich nicht zu«, sagte der Richter.
»Ich bitte Euer Ehren um Entschuldigung«, sagte Micky. »Wir waren also über den Wolken, und die waren ein wenig golden angehaucht, und zwischendrin waren Rinnen, genau wie wir hier unten Täler haben, und durch die Täler konnten wir ab und zu Irland sehen, das ganz klein und seltsam ausschaute. Man wußte nicht, war das nun ein Wald oder ein Binsenbüschel, war das ein Berg oder ein vergraster Maulwurfshügel. Ein alter Gänserich flog uns voraus, um uns den Weg nach Norden zu zeigen, und hinter ihm teilten wir uns nach rechts und links in zwei Reihen. Und so flogen wir über die Berge und Felder und Moore, und auch über Städte, denn aus dieser Höhe waren sie keine Gefahr. Manchmal schloß sich die Wolkendecke, und wir sahen nichts als dieses wunderschöne Land, das zwischen Himmel und Erde liegt. Und dann bildeten sich wieder Täler, und wir sahen am Talgrund Flüsse dahinströmen, und irgendwie, Euer Ehren, sah es so aus, als hätten sich diese Flüsse ihren Weg durch die Wolken gebahnt, genau

wie unten durch die Erde. Wie es dazu kommt, weiß ich nicht, aber ich sage Euer Ehren die reine Wahrheit.«
»Ja, ja«, sagte der Richter. »An deiner Geschichte kann mich nachgerade nichts mehr überraschen. Aber es ist meine Pflicht, mir alles anzuhören, was du zu deiner Verteidigung zu sagen hast. Fahr fort.«
»Also, Euer Ehren, alles dort unten sah ganz klein aus. Und dann kamen wir ans Meer. Und wir konnten bis auf den Grund hinunter sehen, wo die Strömungen schlafen, und da waren lange Reihen von Tang, wie sie die Strömungen liegengelassen hatten. Sie waren dunkelviolett, Euer Ehren, und das Meer war ganz grün. Und es wurde Nacht, während wir über dem Meer waren, und immer noch reisten wir nach Norden.«
»Habt ihr euren Kurs nach den Sternen gesteuert?« fragte der Richter.
»Nein, das nicht«, sagte Micky. »Wir steuerten nach dem alten Wissen, das der Anführer hatte, und vielleicht hatte er es von den Sternen oder den Winden oder den Hexen; egal, es war eben uraltes Wissen, denn ein paar Jahre später wurde ich selber der Anführer, und da hatte ich dieses Wissen auch und führte damit die Schar, und mit den Sternen hat es vielleicht schon was zu tun, aber wie ich dazu kam, das habe ich nie erfahren, und auch nicht, woher es stammt.«
»Ein paar Jahre? Ein paar Jahre?« sagte der Richter. »Du liebe Güte. Aber sag mal, wann hat das alles angefangen?«
»Habe ich Euer Ehren nicht schon erklärt«, sagte Micky, »daß die Gänse eine andere Zeitrechnung haben und einen anderen Kalender? Ich kann wirklich nicht sagen, wann das war.«
»Willst du etwa das Datum, das Wachtmeister Ryan zu Protokoll gegeben hat, in Abrede stellen?«
»Aber nein«, sagte Micky. »Ich stelle überhaupt kein Datum in Abrede. Nur ist die Zeit eben ganz anders.«
»Gut, fahr fort«, sagte der Richter.

»Wir kamen dann zu den grauen Klippen«, sagte Micky, »und zu den Meeresarmen, und da brauste ein frischer klarer Wind, und nun waren wir im Norden angelangt. Und wir tauchten hinunter, und die Wolken kamen an und sausten an uns vorüber, aber ihre Schatten auf dem grünen Land bewegten sich nur ganz gemächlich.«
»Ich verstehe nicht, wie das möglich sein sollte«, sagte der Richter.
»Ich denke mir jetzt, das war unsere Fluggeschwindigkeit«, sagte Micky, »die ließ die Wolken so schnell vorüberziehen, und sie selber hatten gar nicht solche Eile. Jedenfalls liefen die Schatten nicht so eilig. Und dann landeten wir auf dieser gesegneten Erde. Ich sage das nicht gern zu Euer Ehren, ich hab' nämlich gar nichts gegen irgendwen, aber diese Erde ist deshalb so gesegnet, weil dort noch nie ein Mensch gewesen ist. Gesegnet war sie, wahrhaftig, und es blieb so lange Tag, daß ich erst dachte, die Sonne würde nie untergehen. Es war fast so, als wären wir dem Himmel so nah, daß wir den Saum der Ewigkeit erreicht hatten. Herrliche frische Winde wehten dort, und keine Spur Rauch war darin und nichts von dem neuen Getön.«
»Was meinst du mit dem neuen Getön?« fragte der Richter.
»Ich meine das Getön, seit der Mensch auf der Erde aufgetaucht ist«, sagte Micky, »und seit man die Städte gebaut hat, und ganz besonders so etwa die letzten hundertfünfzig Jahre; und die Gänse sagen, das wird mit jedem Jahr schlimmer. Es war ein gewaltiger frischer Wind mit Salzgeschmack drin, und die Töne waren nur noch die alten Töne, die zur Schöpfung gehören, so daß sie uns nie im Schlaf störten oder im Wachen Kummer machten. Es war das gesegnete Land, das Land des Friedens. Und trotzdem kam dann die Zeit, wo der Ruf aus Irland sich in unserem Herzen regte wie vorher der Ruf des Nordens. Und als es soweit war, hielten wir wieder

Ausschau nach dem Wind und suchten ihn auf der Weide, wo wir grasten. Und eines Tages erhob er sich mitten aus den Blumen, und wir zogen mit ihm und kamen wieder nach Süden, und wir steuerten unseren Kurs nach unserem uralten Wissen von Winden und Sternen und noch manchem sonst. Und so ging es Jahr für Jahr, aber ich will Euer Ehren nicht länger die Zeit stehlen. Und eines Tages fiel der Zauberbann von der Prinzessin aus dem irischen Königreich ab, und sie verließ uns, weil die tausendjährige Frist vorzeitig zu Ende gegangen war oder sie die Zeit falsch berechnet hatte. Ja, ein Rechenfehler war es wohl, denn belogen hat sie mich nie. Und als das geschah, da sagte ich mir: Gut, dann will ich auch gehen. Und sobald wir nach Süden kamen, in den ersten Novembertagen, trennte ich mich von der Schar, als sie schräg zum Moor hinunterflogen, und ich kam aus den Sternen senkrecht herunter, bis ich das Hausdach der Witwe Flynn sehen konnte, ganz schwarz zwischen den Feldern. Und da fiel mir ein, wie sie mir gesagt hatte, sie wird mich entzaubern, sobald ich auf dreißig Meter in ihre Nähe komme, genau wie sie es geschworen hatte. Und ich rief nach ihr mit dem Gänseschrei und segelte dicht über ihrem Dach hin und her.
Ich war noch nicht dreimal über ihr Dach geflogen, da erkannte sie mich und kam herausgelaufen und sprach ihre Zaubersprüche, wie sie es geschworen hatte. Aber an eines hat die alte Frau einfach nicht gedacht; sie entzauberte mich nämlich in der Luft, und ich wurde wieder ein Mensch. Und wie Euer Ehren wissen, kann ein Mensch nicht fliegen, und deshalb plumpste ich wie ein Stein zu Boden, und wenn der Apfelbaum der alten Frau meinen Sturz nicht gebremst hätte, dann wäre ich auf der Stelle tot gewesen und wäre jetzt nicht hier, um Euer Ehren die Zeit zu stehlen. So hat sich das alles zugetragen.«
»Und was sagt die Witwe Flynn dazu?« fragte der Richter.

»Die wird sich hüten, was zu sagen«, sagte Wachtmeister Ryan. »Und vielleicht ist's auch am besten, man läßt ein altes Weib von diesem Schlag schön in Ruhe.«

»Nun ja«, sagte der Richter. »Also gut, Maguire, ich habe mir alles angehört, was du zu deiner Verteidigung vorzubringen hattest, und ich ziehe die von Wachtmeister Ryan zu Protokoll gegebene Aussage keineswegs in Zweifel. Das mußt du verstehen. Andererseits bin ich der Meinung, daß du vielleicht durch deinen Sturz aus dem Apfelbaum genug bestraft bist. Damit spreche ich dich frei.«

Und das ist das Ende der beiden Geschichten von dem Schaden am Apfelbaum der Witwe Flynn.

Fremde im Städtchen

Shirley Jackson

Ich klatsche nicht über andere. Wenn ich eines auf der Welt verabscheue, dann ist es Klatsch. Letzte Woche wollte mir Dora Powers beim Kaufmann wieder den gehässigen Tratsch über den Harris-Jungen erzählen, und da konnte ich nicht anders und sagte zu ihr, wenn sie noch einmal mit dieser Geschichte anfängt, dann rede ich nie mehr mit ihr, und dabei ist's auch geblieben. Es ist jetzt eine Woche her, und kein einziges Wort hab' ich seither mit Dora Powers gesprochen. So, das wäre meine Meinung zu Klatsch und Tratsch. Tom Harris war ohnehin immer zu nachgiebig mit diesem Bengel; der Bursche braucht mal tüchtig Dresche, dann würde er schon spuren, und das hab' ich auch schon mindestens hundertmal zu Tom Harris gesagt.

Wenn ich mich nicht so aufregen müßte, sobald ich an das Haus nebenan denke, dann könnte ich fast darüber lachen, wie die Leute hier im Städtchen beim Kaufmann und an den Straßenecken stehen und auf einmal ganz leise reden und sich über Hexen und Kobolde unterhalten, und dabei weiß doch jeder selber, daß es all so was gar nicht gibt und nie gegeben hat, und dann zermartern sie sich den Kopf, um immer neue Geschichten zum Rumerzählen zu finden. Ich bin wie gesagt nicht für Klatsch zu haben, auch nicht über Kobolde und Hexen, und ich bin felsenfest überzeugt, daß Jane Dollar jetzt allmählich schwachsinnig wird. Die Dollars waren sowieso noch nie dafür berühmt, daß ihnen ihr Verstand bis ans

Lebensende erhalten bleibt, und Jane ist jetzt ungefähr so alt, wie ihre Mutter war, als sie zum Bazar einen Kuchen stiftete und beim Backen die Eier vergaß. Manche sagten, das hätte sie mit Absicht getan, um sich an den Frauen dafür zu rächen, daß sie ihr keinen eigenen Stand angeboten hatten, aber die meisten meinten einfach, die alte Dame sei nicht mehr ganz richtig im Kopf, und bestimmt hätte sie durchs Fenster Hexen in ihrem Garten sehen können, wenn ihr das jemals eingefallen wäre. Wenn die Dollars in dieses Alter kommen, behaupten sie alles mögliche, und genau so weit ist Jane Dollar jetzt, sechs Monate hin oder her.

Ich heiße Adeline Spinner, und ich wohne ganz hinten an der Hauptstraße, im vorletzten Haus. Danach kommt noch ein einziges Haus, und dann verläuft sich die Hauptstraße sozusagen im Wald – Spinners Dickicht nennen sie den Wald, nach meinem Großvater, der das erste Haus in der Gemeinde gebaut hat. Ehe die Verrückten herzogen, gehörte das Haus hinter dem meinen den Bartons, aber die zogen fort, weil er Arbeit in der Großstadt bekam, und es war auch allerhöchste Zeit, nachdem sie mehr als ein Jahr lang ihrer Schwester und deren Mann auf der Tasche gelegen hatten.

Als die Bartons also endlich wegzogen – und jedem hier am Ort noch was schuldig waren, wenn ich meine Meinung sagen darf – , zogen bald darauf die Verrückten ein, und als ich diese Möbel sah, war mir sofort klar, daß die Leute verrückt waren. Ich wußte schon, daß sie jung waren und sicherlich noch nicht lange verheiratet, weil ich sie gesehen hatte, als sie hier waren und sich das Haus anschauten. Als ich dann die Möbel ankommen sah, wußte ich, daß es zwischen mir und ihr nicht gutgehen konnte.

Der Möbelwagen kam ungefähr um acht Uhr morgens angefahren. Natürlich habe ich um diese Zeit längst den Abwasch gemacht und die Fußböden gescheuert, also nahm ich meinen

Korb mit Flickwäsche für die Armen auf die Veranda hinaus und schaffte ein schönes Stück Arbeit weg, die ich hatte hängen lassen. Es war ein heißer Tag, und zum Mittagessen machte ich mir nur rasch einen Salat zurecht. Die Veranda ist an einem heißen Tag ein schönes kühles Plätzchen zum Sitzen und Essen, und so verpaßte ich kein einziges Stück, das ins Haus nebenan getragen wurde.

Erst kamen die Stühle, supermodern, ohne richtige Beine und Sitzflächen, und ich bleibe dabei, daß eine Frau, die sich derart windige Möbel kauft, nicht den richtigen Sinn für ihren Haushalt hat – vor allem ist es viel zu leicht, um diese dünnen Beinchen herum sauberzumachen, und einen Fußboden kriegt man schließlich nicht im Hoppla richtig sauber. Dann hatte sie eine Menge niedriger Tische, und damit kann man mich nicht täuschen – wo es lauter solch kleine niedrige Tische gibt, da kann man sicher sein, daß dort Alkohol in rauhen Mengen konsumiert wird; diese Tischchen werden nämlich für Leute hergestellt, die Cocktailparties geben und viel Abstellfläche für die Gläser brauchen. Hattie Martin hat auch so einen niedrigen Tisch, und es ist schon eine Schande, wie Martin säuft. Und dann, als nebenan die Kisten mit dem Geschirr reingetragen wurden, wußte ich Bescheid. Kein jungverheiratetes Paar hat so viel Geschirr, ohne daß eine Menge Cocktailgläser dabei wären, da lasse ich mir nichts vormachen. Als ich später, nachdem sie mit dem Einzug fertig waren, zum Kaufmann ging, traf ich Jane Dollar, und ich erzählte ihr von den Trinkgelagen, die künftig nebenan stattfinden würden, und sie sagte, das wundert sie gar nicht, weil die Leute nämlich eine Hausgehilfin haben. Nicht eine Zugehfrau einmal in der Woche fürs Grobe – nein, eine Hausgehilfin, eine Dienstmagd, mit Familienanschluß und so. Ich sagte, ich hätte nichts von einer Hausgehilfin gesehen, und Jane sagte, sie könne sich zwar sehr vieles überhaupt nicht vorstellen, wenn nicht

ich es mit eigenen Augen gesehen hätte, aber die Hausgehilfin der Wests hatte sich selber vorgestellt. Noch keine zehn Minuten zuvor war sie im Laden gewesen und hatte ein Huhn gekauft. Wir konnten uns nicht denken, wie sie es schaffen wollte, zum Abendessen noch ein Huhn zu kochen, aber dann einigten wir uns darauf, daß das Huhn wahrscheinlich für morgen bestimmt war und die Wests vorhatten, heute abend zum Essen in den Gasthof zu gehen – das Mädchen konnte sich ja ein Ei oder so etwas machen. Jane sagte dann noch, das ewige Problem mit einer Hausgehilfin – Jane hat aber noch nie im Leben eine gehabt, sonst würde ich kein Wort mehr mit ihr reden – sei, daß man nie irgendwelche Reste übrig hat. Egal wie man's einteilt, jeden Tag muß man wieder Fleisch besorgen. Auf dem Heimweg hielt ich nach dieser Dienstmagd Ausschau. Der kürzeste Weg vom Kaufmann zu meinem Haus ist der Feldweg, der am Garten hinter dem Nachbarhaus entlangführt, und auch wenn ich ihn normalerweise nicht benutze – auf einem so abgelegenen Weg trifft man keine Nachbarn, denen man guten Tag sagen kann –, fand ich, ich sollte mich eigentlich ein wenig beeilen, um mir etwas zum Abendessen zu richten, und da wählte ich die Abkürzung beim Garten der Wests. West hießen sie also, nur den Namen der Dienstmagd wußte ich nicht, weil Jane das noch nicht spitzgekriegt hatte. Es traf sich gut, daß ich den Feldweg ging; da war nämlich die Perle im Garten, und sie hockte da und buddelte in der Erde.
»Guten Abend« sagte ich ausgesucht höflich. »Für Gartenarbeit ist es aber heute ziemlich feucht.«
»Das macht mir nichts aus«, sagte sie. »Ich mag Dinge, die wachsen.«
Ich muß sagen, daß die Frau im Gespräch recht sympathisch wirkte. Nach meiner Meinung war sie allerdings für eine Hausgehilfin zu alt. Das arme Wesen mußte es nicht leicht gehabt

haben, wenn sie sich noch in solcher Stellung verdingte, und doch war sie munter, glatt und rund wie ein Apfel. Ich dachte, es sei vielleicht eine alte Tante, die sie bei sich aufgenommen hatten, und so sagte ich, immer noch sehr höflich: »Sie sind also heute eingezogen?«

»Ja«, sagte sie, nicht gerade aufschlußreich.

»Und die Familie heißt West?«

»Ja.«

»Dann sind Sie vielleicht Mrs. Wests Mutter?«

»Nein.«

»Oder etwa eine Tante?«

»Nein.«

»Überhaupt nicht verwandt?«

»Nein.«

»Sie sind also nur die Hausgehilfin?« Hinterher kam es mir, daß sie das vielleicht nicht allzu gern gehört hatte, aber da war es schon heraus und konnte nicht mehr zurückgenommen werden.

»Ja.« Sie gab nett und geduldig Auskunft, das muß man ihr lassen.

»Die Arbeit ist schwer, möchte ich meinen?«

»Nein.«

»Nur die zwei Leute zu versorgen?«

»Ja.«

»Ich vermute fast, Sie sind nicht gerade gern dort.«

»Es ist nicht übel«, sagte sie. »Natürlich mache ich viel mit Hexerei.«

»Hexerei?« sagte ich. »Werden Sie denn da mit der Arbeit früher fertig?«

»Genau das«, sagte sie, ohne auch nur eine Miene zu verziehen. »Sie würden wahrscheinlich nicht ohne weiteres glauben, daß ich jetzt dahocke und Abendessen für meine Familie mache, oder?«

»Nein«, sagte ich. »Das würde ich nicht glauben.«
»Da – «, sagte sie. »Das ist unser Abendessen.« Und sie zeigte mir ein Eichelnäpfchen, das schwöre ich, mit einem Pilz und einem Stückchen Gras drin.
»Das sieht kaum so aus, als ob alle davon satt werden«, sagte ich, unwillkürlich abgestoßen.
Sie lachte mich an, wie sie da mit ihrer Eichel auf der Erde kniete, und sagte: »Falls was übrig bleibt, bringe ich Ihnen einen Teller davon; Sie werden es wunderbar sättigend finden.«
»Aber Ihr Huhn?« fragte ich. Ich war schon ein Stück auf dem Weg weitergegangen, doch ich mußte unbedingt wissen, wozu sie das Huhn besorgt hatte, wenn sie es nun nicht zum Essen machen wollte.
»Ach, das«, sagte sie. »Das ist für meinen Kater.«
Ja, wer kauft denn ein ganzes Huhn für eine Katze, die sonst nicht mal die Knochen davon kriegen darf? Wie ich Jane gleich nach dem Heimkommen am Telefon sagte, sollte Mr. Honeywell in seinem Laden ihr so etwas einfach nicht mehr verkaufen oder ihr wenigstens etwas Geeignetes anbieten, zum Beispiel Hackfleisch. Aber im Ernst glaubten wir beide keine Sekunde lang daran, daß der Kater tatsächlich das Huhn bekommen würde – wenn sie überhaupt einen Kater hatte. Verrückte sagen so allerlei, was ihnen im Kopf herumspukt.
Allerdings weiß ich bestimmt, daß an diesem Abend niemand im Nachbarhaus Huhn gegessen hat. Von meinem Küchenfenster aus kann ich nämlich in ihr Eßzimmer sehen, wenn ich mich auf einen Stuhl stelle, und was sie zu Abend aßen, war ein dampfendes Gericht in einem großen braunen Napf. Ich mußte lachen, als mir dabei die Eichel einfiel, weil der Napf ganz genauso aussah – wie eine große Eichelschale. Vermutlich hatte sie das auf die Idee gebracht. Und tatsächlich brachte sie später einen Teller davon herüber und stellte ihn auf meine Hintertreppe, weil ich nicht in der Nacht einer verrückten

Weibsperson die Tür aufmachen wollte, und wie ich schon Jane sagte, würde ich sowieso nicht so ein ausländisches Gebräu von einer Verrückten essen. Aber ich rührte mal eben mit einem Löffelstiel darin, und es roch ganz gut. Es waren Pilze drin und Bohnen, aber was sonst noch, bekam ich nicht heraus, und ich dachte mir dann, wir hätten wohl zu Anfang recht gehabt und das Huhn war für morgen.

Ich mußte Jane versprechen, daß ich es darauf anlegen würde, mich mal im Haus umzusehen und herauszukriegen, wie sie ihren Möbelfirlefanz aufgestellt hatten. Also brachte ich am nächsten Morgen den Napf zurück und ging extra vorne an die Haustür – im Städtchen gehen wir meistens durch die Hintertür ein und aus, aber weil sie doch neu waren und vor allem weil ich nicht genau wußte, wie man Leute besucht, die eine Hausgehilfin haben, ging ich an die Haustür und klopfte an. Ich war zeitig aufgestanden, um einen Schub Krapfen zu backen, damit ich beim Zurückgeben etwas in die Schüssel tun konnte, und so merkte ich, daß die Leute nebenan schon munter waren, weil ich ihn um halb acht zur Arbeit weggehen sah. Höchstwahrscheinlich arbeitete er in der Großstadt, wenn er so früh weg mußte. Jane meint, er ist in einem Büro, weil sie ihn zur Bushaltestelle gehen sah und er es überhaupt nicht eilig hatte. Leute, die im Büro arbeiten, müssen nämlich nicht auf die Minute pünktlich sein, sagte Jane, obwohl ich mir nicht vorstellen kann, woher sie das so genau weiß.

An die Tür kam die kleine Mrs. West, und ich muß sagen, sie machte einen recht netten Eindruck. Ich hätte gedacht, sie würde sich vielleicht von ihrer Perle das Frühstück ans Bett bringen lassen und lange liegenbleiben, wie man das so hört, aber sie war schon fertig angezogen, in einem rosafarbenen Hauskleid, und ganz wach. Sie bat mich nicht gleich herein, also ging ich näher auf die Tür zu, und da trat sie zurück

und meinte, ob ich nicht hereinkommen wolle, und ich muß sagen, so lächerlich solche Möbel sind, sie hatte alles nett hergerichtet, mit grünen Gardinen an den Fenstern. Von meinem Haus aus hatte ich nicht ausmachen können, was für ein Muster diese Gardinen hatten, aber als ich drinnen war, konnte ich sehen, daß es ein Muster mit irgendwie eingewebten grünen Blättern war, und der Bodenteppich, den ich natürlich beim Umzug gesehen hatte, war auch grün. In etlichen großen Kisten, die dabei gewesen waren, mußten Bücher gewesen sein, weil es eine Menge Bücher gab, alle in Regalen aufgestellt, und ehe ich zum Überlegen kam, sagte ich: »Also da haben Sie bestimmt die Nacht durchgearbeitet, wenn Sie alles so fix einrichten konnten. Licht habe ich aber bei Ihnen keines gesehen.«
»Mallie hat es getan«, sagte sie.
»Mallie, also Ihre Hausgehilfin?«
Sie lächelte vage, und dann sagte sie: »Eigentlich ist sie mehr Patin als Hausgehilfin.«
Es widerstrebt mir gründlich, neugierig zu erscheinen, also sagte ich nur: »Mallie macht sich sicher ganz schön nützlich. Gestern war sie draußen und hat im Garten umgegraben.«
»Ja.« Es war schwierig, aus diesen Leuten etwas herauszubekommen, bei solch knappen Antworten.
»Ich habe Ihnen ein paar Krapfen mitgebracht«, sagte ich.
»Danke.« Sie stellte die Schüssel auf eines der Tischchen – Jane meint, den Schnaps müssen sie versteckt haben, weil ich in dieser Richtung einfach nichts erspähen konnte – und dann sagte sie: »Die geben wir dem Kater.«
Na, das behagte mir nicht sonderlich. »Ihr Kater hat wohl einen gesegneten Appetit«, sagte ich zu ihr.
»Ja«, sagte sie. »Ich weiß nicht, was wir ohne ihn täten. Er gehört natürlich Mallie.«
»Ich habe ihn noch nicht gesehen«, sagte ich. Wenn die Rede

nun von Katzen sein sollte, so konnte ich durchaus mithalten, wo ich in den vergangenen sechzig Jahren mal diese, mal jene Katze um mich gehabt hatte; freilich war das in meinen Augen nicht gerade der ergiebigste Gesprächsstoff für zwei Frauen. Wie ich Jane hinterher sagte, gab es doch so vieles, das sie über das Städtchen und die Nachbarn interessieren müßte, wo man Haushaltwaren und all so was einkauft – ich weiß hundertprozentig, daß ich Tom Harris und seinem Haushaltsgeschäft ein Dutzend Kunden vergrault habe, seit er mir für ein Pfund Nägel siebzehn Cent abgeknöpft hat –, und ich war doch genau die Richtige, um sie über unser Städtchen aufzuklären. Aber sie redete immerzu von dem Kater. »– Kinderlieb«, sagte sie gerade.

»Sicher mag ihn Mallie gern um sich«, sagte ich.

»Ja, wissen Sie, er hilft ihr«, sagte sie, und da mußte ich denken, daß sie vielleicht auch verrückt war.

»Und wie hilft der Kater Mallie?«

»Bei ihrer Hexerei.«

»Aha«, sagte ich und wollte mich ganz schnell verabschieden, damit ich zu Hause ans Telefon konnte, denn die Leute hier am Ort mußten ja wohl erfahren, was da vor sich ging. Aber ehe ich es bis zur Tür schaffte, kam die Perle aus der Küche und sagte mir guten Morgen, richtig höflich, und dann sagte sie zu Mrs. West, sie sei gerade bei den Gardinen für das Schlafzimmer nach vorn heraus, und ob Mrs. West sich wohl ein Muster aussuchen wolle. Und wie ich so dastand und den Mund nicht mehr zukriegte, streckte sie ein Spinngewebe auf der flachen Hand vor – noch nie zuvor und auch nie wieder bin ich jemand begegnet, der ein Spinngewebe säuberlich ausgespannt halten konnte oder das auch nur probieren mochte, wohlgemerkt –, und dazu hatte sie noch eine blaue Häherfeder und ein Endchen blaues Band, und sie fragte mich, wie mir ihre Gardinen gefielen.

Na, da reichte es mir, und ich machte, daß ich wegkam, und rannte bis zu Janes Haus, und natürlich glaubte sie mir kein Wort. Sie begleitete mich heim, damit sie von draußen einen Blick auf das Haus werfen konnte, und ich will ewig verdammt sein, wenn die nicht unterdessen Gardinen im Schlafzimmer nach vorn raus aufgehängt hatten, weichen weißen Tüll mit einem blauen Muster, das aussah wie Eichelhäherfedern, wie Jane gleich meinte. Jane sagte, das seien die hübschesten Gardinen, die sie je gesehen hätte, aber ich bekam vom Hinschauen jedesmal eine Gänsehaut.

Keine zwei Tage später ging's dann damit los, daß ich Dinge fand. Kleinigkeiten, manchmal sogar in meinem Haus drinnen. Einmal war es ein Körbchen voll Trauben auf meiner Hintertreppe, und ich möchte schwören, daß diese Trauben niemals in unserem Städtchen gewachsen waren. Sie schimmerten nämlich wie mit Silberstaub überzogen und dufteten wie ein exotisches Parfum. Ich warf sie in den Abfalleimer, aber ein gesticktes Taschentüchlein, das ich auf dem Tisch im Hausflur gefunden hatte, habe ich behalten, und es liegt heute noch in der Schublade meiner Frisierkommode.

Einmal fand ich auf dem Zaunpfahl einen bunten Fingerhut, und einmal kam meine Katze Samantha, die ich schon seit mehr als elf Jahren habe, mit einem schmalen grünen Halsband herein und fauchte mich an, als ich es ihr abnahm. Eines Tages fand ich auf meinem Küchentisch ein Körbchen aus Blättern, gefüllt mit Haselnüssen, und ich wurde fuchsteufelswild beim Gedanken daran, daß da jemand bei mir ein- und ausging, ohne auch nur zu fragen, und ich niemals irgendwen kommen oder gehen sah.

Solche Sachen waren nie passiert, ehe die Verrückten ins Nachbarhaus zogen, und das sagte ich gerade eines Morgens an der Ecke zu Mrs. Acton, als die junge Mrs. O'Neil vorbeikam und uns erzählte, sie hätte, als sie mit ihrem Baby beim Kaufmann war, die Perle Mallie gesehen. Das Baby schrie, weil es gerade zahnte, und Mallie gab ihm ein kleines grünes Bonbon zum Draufbeißen. Wir fanden, Mrs. O'Neil müsse selber verrückt sein, wenn sie diese Leute ihrem Baby Süßigkeiten geben ließ, und das sagten wir ihr auch, und ich berichtete den beiden vom Trinken und vom Einrichten über Nacht und vom Buddeln im Garten, und Mrs. Acton sagte, sie wolle nur hoffen, daß die nicht etwa auf eine Mitgliedschaft im Hobbygärtner-Club spekulierten, nur weil sie einen Garten hatten.

Mrs. Acton ist Vorsitzende des Hobbygärtner-Clubs. Jane meint, dieses Amt stehe mir zu, wenn es mit rechten Dingen zugehe, weil ich den ältesten Garten im Städtchen habe, aber Mrs. Acton ist die Frau unseres Doktors, und ich weiß nicht, was die kranken Leute von ihm befürchten würden, wenn Mrs. Acton nicht Vorsitzende geworden wäre. Jedenfalls mußte man Mrs. Acton zugestehen, daß sie das Sagen hatte, wenn es darum ging, wer in den Hobbygärtner-Club kam und wer nicht, aber ich gebe zu, daß wir ihre Entscheidung in diesem Fall einstimmig gebilligt hätten, auch wenn uns Mrs. O'Neil am nächsten Tag sagte, sie glaube nicht, daß diese Leute wirklich verrückt seien, denn der Zahn ihres Babys war über Nacht schmerzlos durchgekommen.

Und die ganze Zeit kam diese Dienstmagd jeden Tag zum Kaufmann, und jeden Tag kaufte sie ein Huhn. Sonst nichts. Jane gewöhnte sich an, zum Kaufmann rüberzulaufen, wenn sie die Perle daherkommen sah, und sie sagt, daß die nie was anderes kaufte als jeden Tag das eine Huhn. Einmal wurde es Jane zu bunt, und sie meinte, zu Hause sei wohl Huhn die Leibspeise, und die Frau sah sie durchdringend an und sagte ihr ins Gesicht, sie seien Vegetarier.

»Nur der Kater nicht, möchte ich meinen«, sagte darauf Jane, die ganz schön spitz sein kann, wenn es ihr zu bunt wird.

»Ja«, sagte die Perle, »nur der Kater nicht.«
Schließlich einigten wir uns darauf, daß der Mann wohl Lebensmittel aus der Stadt mitbrachte. Wieso freilich Mr. Honeywells Laden für die nicht gut genug war, ist mir ein Rätsel. Als es mit dem Zahn des Babys so gut gegangen war, brachte ihnen Tom O'Neil ein paar frisch geschnittene süße Maiskolben hinüber, und die mochten sie wohl, weil sie dem Baby darauf eine kuschelige blaue Decke schickten, die so weich war, daß die junge Mrs. O'Neil sagte, das Baby brauche jetzt überhaupt nichts anderes mehr, Sommer wie Winter, und nachdem es erst so kränklich gewesen war, entwickelte sich das Baby nun ganz prächtig und wurde so kerngesund, daß es fast nicht wiederzuerkennen war. Aber die O'Neils hätten trotzdem lieber keine Geschenke von Fremden annehmen sollen, wo man doch nicht weiß, ob die Wolle auch sauber war. Dann bekam ich mit, daß sie nebenan Tanzereien veranstalteten. Jeden, aber auch jeden Abend wurde getanzt. Manchmal lag ich wach bis um zehn, elf Uhr und horchte auf die fremdartige Musik und wünschte mir, ich könnte mich aufraffen und rübergehen und ihnen gehörig Bescheid sagen. Es war nicht mal so sehr der Lärm, der mich nicht schlafen ließ – ich muß sogar sagen, daß die Musik schön sanft war, wie ein Wiegenlied –, aber der Mensch hat einfach kein Recht, so zu leben. Die Leute sollten gefälligst zu einer vernünftigen Uhrzeit schlafengehen und zu einer vernünftigen Uhrzeit aufstehen und Gutes tun und ihre Arbeit machen. Eine Frau sollte ihrem Ehemann ein Abendessen kochen – nicht etwa Konservendosen aus dem Supermarkt aufschneiden – , und sie sollte hin und wieder mit einem selbstgebackenen Kuchen bei der Nachbarin hereinschauen, um ihr guten Tag zu sagen und sich über das Neueste zu informieren. Und vor allen Dingen sollte eine Frau selber zum Einkaufen gehen, wo sie ihre Nachbarinnen treffen kann, und nicht einfach die Dienstmagd schicken.

Jeden Morgen, wenn ich ins Freie ging, fand ich Hexenringe im Gras, und hier bei uns weiß jeder genau, daß das einen frühen Winter bedeutet, und die Leute nebenan hatten noch nicht mal daran gedacht, Kohlen einzulagern. Ich hielt jeden Tag nach Adams mit seinem Lastwagen Ausschau, weil ich genau wußte, daß der Kohlenkeller drüben leer war; ich brauchte mich nämlich nur ein wenig vorzubeugen, wenn ich im Garten war, und konnte dann direkt in den Keller sehen, so sauber aufgeräumt und ausgefegt, als hätten sie vor, da drin Gäste zu bewirten. Jane meinte, es seien eben solche Leute, die über den Winter irgendwohin verreisen und den Kampf mit dem Schnee auf die Nachbarn abschieben. Im übrigen konnte man überhaupt nur den Keller einsehen. Vor den Fenstern hielten sie diese grünen Vorhänge so dicht zugezogen, daß man von draußen nicht mal ganz aus der Nähe durch einen Spalt hineinschauen konnte, und drinnen waren die am Tanzen. Hätte ich's nur einmal übers Herz gebracht, nachts einfach an die Haustür zu gehen und anzuklopfen! Mary Corn fand ja, ich müßte das unbedingt tun. »Du hast ein Recht darauf, Adeline«, sagte sie zu mir. »Du hast verdammt noch mal das Recht, bei Nacht deine Ruhe zu verlangen. Du wohnst ihnen am nächsten, und da gehört sich das einfach. Sag ihnen doch, daß sie im ganzen Ort ins Gerede kommen.«
Na, ich brachte es nicht übers Herz, und das ist traurig, aber wahr. Immer mal wieder sah ich die kleine Mrs. West im Garten rumspazieren oder Mallie mit einem Korb aus dem Wald kommen – vom Eichelsammeln, ganz klar –, aber ich nickte ihnen kein einziges Mal zu. Unten beim Kaufmann mußte ich Mary Corn eröffnen, daß ich es einfach nicht über mich brachte. »Sie sind eben fremd hier«, sagte ich. »Ausgesprochen fremd. Es hat den Anschein, als begreifen sie überhaupt nicht, was man zu ihnen sagt – als ob sie dauernd Fragen beantworten, die man gar nicht gestellt hat.«

»Falls es Ausländer sind«, warf Dora Powers ein, die gerade im Laden war, um Staubzucker für einen Tortenguß zu besorgen, »dann ist doch wohl klar, daß es nicht das Richtige ist, wenn sie hier wohnen.«

»Na, mit Ausländern werd' ich mich jedenfalls nicht einlassen«, sagte Mary.

»Man kann einfach nicht so mit ihnen umgehen, wie man mit normalen Leuten umgeht«, sagte ich. »Ich war ja bekanntlich mal im Haus, freilich nicht um mich mit ihnen einzulassen.«

Und dann mußte ich ihnen alles nochmal erzählen: von den Möbeln und den Trinkgelagen – und es dürfte klar sein, daß Leute, die die Nacht durch tanzen, auch trinken –, und daß meine guten Krapfen nach dem Rezept meiner Großmutter der Kater gekriegt hatte. Und Dora meinte tatsächlich, die führten hier bei uns nichts Gutes im Schild. Mary sagte noch, sie kenne keinen, der sie gern besuchen würde, denn man wisse ja nicht, ob es bei denen auch sauber zuging, und dann mußten wir mit Reden aufhören, weil Mallie, die Dienstmagd, ihr Huhn besorgen kam.

Man hätte meinen können, ich sei Vorsitzende eines Ausschusses oder so etwas, so eifrig stießen mich Dora und Mary in die Seite und zwinkerten mir zu, damit ich hingehen und sie ansprechen solle, aber ich wollte mich nicht noch ein zweites Mal zum Narren machen, um das ganz klar zu sagen. Schließlich merkte Dora, daß es keinen Zweck hatte, mich zu schubsen, und da ging sie selber rüber und stellte sich hin, bis die Jungfer sich umdrehte und »Guten Morgen« sagte.

Dora platzte heraus: »Hier im Städtchen gibt es viele Leute, Fräulein, die gern genauer Bescheid wüßten.«

»Das kann ich mir denken«, sagte die Frau.

»Wir möchten gern wissen, was Sie hier bei uns wollen«, sagte Dora.

»Wir meinten, hier ließe es sich nett wohnen«, sagte die Frau. Man merkte, daß Dora damit erst mal bedient war, denn wer sucht sich seinen Wohnort danach aus, ob es dort nett ist? Die Leute wohnen hier im Städtchen, weil sie hier geboren sind; sie ziehen nicht einfach her.

Dora spürte wohl, daß wir alle was von ihr erwarteten, denn sie holte tief Luft und fragte: »Und wie lange wollen Sie nun hierbleiben?«

»Oh«, sagte die alte Frau, »eigentlich glaube ich kaum, daß wir noch lange bleiben werden.«

»Auch wenn sie nicht für immer hierbleiben«, sagte Mary später, »können sie eine Menge Schaden anrichten, solange sie noch da sind. Sie sind ja ein ganz schlechtes Vorbild für unsere Jugend. Da hörte ich doch tatsächlich, daß der junge Harris schon wieder von der Verkehrsstreife geschnappt worden ist, wegen Fahren ohne Führerschein.«

»Tom Harris faßt den Jungen nicht hart genug an«, sagte ich. »Ein solcher Lümmel braucht Dresche und keine Nachbarn, die ihm vormachen, wie man nächtelang säuft und tanzt.«

Da kam gerade Jane herein, und sie hatte gehört, daß alle Kinder im Städtchen eifrig Besuche im Haus nebenan machten und Löwenzahn und Waldbeeren hintrugen – auch Beeren aus den Gärten ihrer Eltern, möchte ich wetten –, und die Kinder erzählten überall herum, der Kater dort könnte reden. Sie behaupteten, er würde ihnen Geschichten erzählen.

Na, da reichte es mir, wie man sich leicht vorstellen kann. Kinder haben heute sowieso zuviel Freiheit und brauchen sich nicht auch noch solchen Unsinn in den Kopf zu setzen. Wir fragten Annie Lee, als sie in den Laden kam, und sie meinte, man sollte denen mal die Polizei ins Haus schicken, damit sich noch rechtzeitig eingreifen ließe, ehe was passierte. Sie sagte, wenn nun ein Kind einen Schritt zu weit in dieses Haus täte – wie könne man da sicher sein, daß es je wieder herauskäme? Na, das war durchaus keine angenehme Vorstellung, möchte ich meinen, aber Annie Lee sieht nun wirklich immer zu schwarz. Ich habe zwar nicht viel Umgang mit Kindern, seit sie kapiert haben, daß sie sich von meinen Apfelbäumen und Melonen am besten fernhalten. und ich möchte nicht mal behaupten, daß ich mir ihre Gesichter merken kann, außer das von dem kleinen Martin, den ich einmal bei der Polizei anzeigen mußte, weil er aus meinem Vorgarten ein Stück Blech gestohlen hatte, aber es war mir doch nicht ganz wohl bei dem Gedanken, daß dieser Kater ihn anstarren könnte. Irgendwie ist das Vieh nicht normal.

Und hat man Worte – gleich am nächsten Tag klauten sie den Jüngsten von Actons! Noch nicht mal drei Jahre alt, und Mrs. Acton war so beschäftigt mit ihrem Hobbygärtner-Club, daß sie ihn mit seiner Schwester in den Wald losziehen ließ, und schon war's passiert: die schnappten sich ihn. Jane erzählte es mir am Telefon. Sie hatte es von Dora gehört, die zufällig beim Kaufmann gewesen war, als das kleine Mädchen von Actons angelaufen kam und seine Mutter suchte, und sie sagte, der Kleine sei ihr im Wald weggelaufen, und Mallie hatte dort in der Erde rumgebuddelt, keine zehn Schritte von der Stelle, wo man ihn zuletzt gesehen hatte. Jane sagte, Mrs. Acton und Dora und Mary Corn und noch ein halbes Dutzend Frauen seien gerade im Anmarsch aufs Nachbarhaus, und ich solle ganz schnell rausgehen, sonst würde ich was verpassen, und falls sie zu spät hinkommen sollte, müßte ich ihr alles haarklein berichten. Kaum war ich zur Haustür draußen, als sie schon die Straße langkamen, an die zehn oder zwölf Mütter, mit so empörtem Schritt, daß sich Angst gar nicht erst breitmachen konnte.

»Los, Adeline, komm mit«, rief Dora herüber. »Endlich tut sich hier mal was.«

Ich wußte, daß Jane es mir nie verzeihen würde, wenn ich

nicht mit dabei gewesen wäre, und da ging ich aus dem Haus und auf dem Gehsteig zum Nachbarhaus. Mrs. Acton war drauf und dran, an die Tür zu gehen und anzuklopfen, so empört war sie, aber ehe sie dazu kam, ging die Tür auf, und da standen Mrs. West und der kleine Junge, und er strahlte übers ganze Gesicht, als sei überhaupt nichts passiert.

»Mallie hat ihn im Wald gefunden«, sagte Mrs. West, und Mrs. Acton riß ihr den Kleinen weg. Aus der Art, wie er zu brüllen anfing, sobald er wieder bei seiner Mutter war, merkte man, daß sie ihn eingeschüchtert hatten. Er sagte immer nur das eine Wort »Miezekatze«, und das jagte uns einen Schauder über den Rücken, ganz klar.

Mrs. Acton war so wütend, daß sie kaum sprechen konnte, aber dann brachte sie doch heraus: »Sie lassen die Finger von meinen Kindern, verstanden?« Und Mrs. West sah ganz verdutzt aus.

»Mallie hat ihn im Wald gefunden«, sagte sie. »Wir wollten ihn gerade nach Hause bringen.«

»Das können wir uns denken, wie Sie ihn nach Hause bringen wollten!« schrie Dora, und dann legte Annie Lee aus dem Hintergrund los: »Wieso ziehen Sie nicht wieder weg aus unserer Stadt?«

»Das haben wir ja vor«, sagte Mrs. West. »Es ist nicht so, wie wir es uns vorgestellt hatten.«

Das war ja nun wirklich reizend. Nichts erbost mich mehr als Leute, die über unser Städtchen herziehen, wo mein Großvater das erste Haus gebaut hat, und da konnte ich mich auch nicht mehr beherrschen.

»Gesindel!« sagte ich. »Sie gemeines, barbarisches Pack, mit Ihren Tanzereien und Ihrer Dienstmagd, je früher Sie hier wegziehen, um so besser für Sie! Ich kann Ihnen nämlich ganz genau sagen« – und ich drohte ihr energisch mit dem Finger –, »daß gewisse Leute hier am Ort sich Ihre merkwürdigen Sitten nicht mehr länger bieten lassen, und Sie wären gut beraten – wahrhaftig gut beraten, ich sag's Ihnen –, wenn Sie Ihre Möbel und Ihre Vorhänge und Ihre Dienstmagd samt Kater einpackten und sich dünn machten, ehe wir Sie an die Luft setzen.«

Jane behauptet, sie kann nicht recht glauben, daß ich das gesagt habe, aber all die anderen waren dabei und können es bestätigen – alle außer Mrs. Acton, die noch nie ein gutes Wort für jemand übrig hatte.

Jedenfalls entdeckten wir gleich darauf, daß sie dem Kleinen etwas gegeben hatten, um sich seine Zuneigung zu erkaufen. Mrs. Acton wand es ihm mit Mühe aus der Hand, und dabei brüllte er ununterbrochen. Als sie es hochhielt, konnte man's kaum glauben, aber denen ist natürlich nichts zu ordinär. Es war ein goldfarbenes Äpfelchen, ganz blank und hell, und Mrs. Acton schleuderte es mit aller Kraft auf den Steinboden vor der Haustür, und das kleine Spielding zerbarst zu Staub. »Von Ihnen nehmen wir nichts geschenkt«, sagte Mrs. Acton, und wie ich Jane hinterher sagte, war Mrs. Wests Gesichtsausdruck fürchterlich anzusehen. Eine volle Minute lang stand sie einfach da und schaute uns an. Dann machte sie kehrt und ging wieder ins Haus und schloß die Tür.

Jemand wollte Steine in die Fenster werfen, aber wie ich zu den Frauen sagte, ist die Zerstörung fremden Eigentums ein Verbrechen, und Gewalt wollten wir lieber den Mannsbildern überlassen. Also nahm Mrs. Acton ihren kleinen Jungen mit heim, und ich ging in mein Haus und rief Jane an. Die arme Jane – die ganze Sache hatte sich so schnell abgespielt, daß sie es nicht geschafft hatte, ihr Korsett anzuziehen.

Kaum hatte ich Jane am Apparat, da sah ich durchs Flurfenster, daß da nebenan ein Möbelwagen stand, und die Packer fingen schon an, diesen Möbelfirlefanz herauszutragen. Jane war nicht überrascht, als ich es ihr am Telefon sagte. »So schnell überlegt sich kein Mensch einen Umzug«, sagte sie. »Wahrscheinlich hatten die längst vor, sich aus dem Staub zu machen – mit dem kleinen Jungen!«

»Oder vielleicht hat die Perle wieder gehext«, sagte ich, und Jane lachte.

»Hör mal«, sagte sie, »geh hin und sieh nach, was sich da noch tut – ich bleibe am Apparat.«

Es gab aber nichts zu sehen, auch nicht von meiner vorderen Veranda aus, nur eben den Möbelwagen und das Aufladen der Möbel. Von Mrs. West oder der alten Mallie war nichts zu erblicken.

»Er ist noch nicht aus der Stadt zurück«, sagte Jane. »Ich kann von hier aus die Straße überblicken. Der wird heute abend Augen machen.«

Und so zogen sie also weg. Ich schreibe das hauptsächlich mir zu, auch wenn Jane mich zu ärgern versucht und behauptet, das hätte Mrs. Acton geschafft. Bis zum Abend waren sie fort mit all ihrem Plunder, und Jane und ich gingen mit einer Taschenlampe ins Haus nebenan, um zu sehen, was für ein Chaos sie hinterlassen hatten. Im ganzen Haus war rein gar nichts mehr zu finden – kein Hühnerknöchelchen, keine Eichel, nur eine einzige blaue Häherfeder im Dachgeschoß, und die lohnte das Mitnehmen nicht. Jane steckte sie in die Müllverbrennungsanlage, als wir wieder unten waren.

Ach ja, noch etwas. Meine Katze Samantha hat Junge bekommen. Das hört sich vielleicht für Außenstehende nicht überraschend an, aber für mich und Samantha war es eine tolle Überraschung. Sie ist immerhin schon über elf Jahre alt und längst aus dem Kinderkriegen heraus, das alte Dummchen. Aber es hätte jeden gefreut, wie sie da herumtanzte, als sei sie eine junge Katzendame, so leichtfüßig, wie wenn sie meinte, sie hätte da etwas vollbracht, was noch keiner Katze je zuvor gelungen war. Nur die Kätzchen machen mir Kummer.

Die Leute trauen sich freilich nicht, mir rundheraus irgendwas über meine Kätzchen zu sagen, aber mit dem dummen Gerede über Hexen und Kobolde ist immer noch nicht Schluß. Und es läßt sich nicht leugnen, daß die jungen Katzen leuchtend gelb sind, mit orangefarbenen Augen, und viel größer, als normale Kätzchen sein dürften. Manchmal merke ich, wie sie mich allesamt anschauen, wenn ich in der Küche hin- und hergehe, und dann rieselt es mir kalt den Rücken runter. Jedes zweite Kind im Städtchen bettelt mich um ein solches Katzentier an – »Hexenkätzchen« nennen sie sie –, aber von den Erwachsenen möchte garantiert niemand eins haben.
Jane sagt, diese Kätzchen hätten etwas ausgesprochen Unheimliches an sich, aber Jane würde sogar über Katzen irgendwelchen Klatsch in die Welt setzen, und ich werde wahrscheinlich nie mehr im Leben ein Wort mit ihr sprechen. Sie will mir nämlich nicht sagen, was die Leute über meine Kätzchen reden. Nun ja, Klatsch kann ich sowieso nicht ausstehen.